MILLIE ADAMS

Un roi pour patron

Traduction française de

CÉLIA VAL

AZUR

HARLEQUIN

Collection : Azur

Titre original :
CROWNING HIS INNOCENT ASSISTANT

HARPERCOLLINS FRANCE
83-85, boulevard Vincent-Auriol, 75646 PARIS CEDEX 13
Service Lectrices — Tél. : 01 45 82 47 47 - www.harlequin.fr
ISBN 978-2-2804-6406-2 — ISSN 0993-4448

Composé et édité par HarperCollins France.
Imprimé en novembre 2021 par CPI Black Print (Barcelone)
en utilisant 100% d'électricité renouvelable.
Dépôt légal : décembre 2021.

MIXTE
Papier issu de sources responsables
FSC® C159065

Pour limiter l'empreinte environnementale de ses livres, HarperCollins France s'engage à n'utiliser que du papier fabriqué à partir de bois provenant de forêts gérées durablement et de manière responsable.

1.

Du haut de son donjon, Matteo de La Cruz, roi de Monte Blanco, parcourut du regard les terres dont il était le souverain incontesté. Elles s'étendaient à perte de vue. Puis il entra dans son splendide bureau, aménagé dans le donjon du palais et trouva son assistante à l'endroit exact où il savait la trouver : devant son ordinateur.

En plein travail, elle avait devant elle quatre agendas ouverts ainsi que des stylos de couleurs différentes. Livia était stricte et ordonnée, et très efficace.

Livia n'avait pas de nom de famille, car elle n'avait aucune famille. Le plus souvent, Matteo l'appelait non pas par son prénom, mais par le surnom qu'il lui donnait : Minnie. Il ne savait pas si elle appréciait l'appellation mais au fond, cela n'avait pas d'importance. Du moment que lui-même avait décidé de l'appeler ainsi…

Ce n'était pas pour les raisons que supposait le prince Javier, son frère, qu'il avait choisi ce surnom. Pas parce que Livia était petite et insignifiante comme une souris. Pas non plus parce qu'elle était timide ou ordinaire. Non, il l'appelait ainsi en raison du conte que chacun connaissait : celui qui racontait qu'il avait fallu une souris pour retirer une épine de la patte d'un lion. Une souris très courageuse… Or lui-même s'identifiait bien sûr au roi des animaux. Ainsi, maintes fois depuis qu'elle était entrée dans sa vie, Livia avait réussi, avec son infinie délicatesse, à lui retirer des épines du pied.

C'était incroyable qu'un homme comme lui ait eu besoin d'une femme comme elle, mais c'était vrai.

Donc, il devait beaucoup à Livia. Mais il avait, en retour, considérablement amélioré le sort de celle-ci. Quand il l'avait rencontrée, Livia était à bout de ressources, à deux doigts de mourir de faim…

C'était juste après la mort de son père, un roi dur et autoritaire. Matteo, nouvellement couronné, visitait son royaume de Monte Blanco, qui avait bien besoin de renouveau après avoir vécu sous la férule de l'implacable monarque. Tant de choses étaient à reconstruire !

C'était pendant l'une de ces tournées qu'il l'avait découverte, un jour où il neigeait, recroquevillée, frissonnante, sous un porche. Il l'avait fait monter dans sa limousine et elle l'avait dévisagé de ses grands yeux effrayés. Elle se méfiait de lui, bien sûr, comment aurait-il pu lui en vouloir pour cela ? La vie n'avait pas été tendre avec elle.

Alors il s'était mis en tête de la sauver, de faire d'elle le symbole des réformes qu'il voulait accomplir à Monte Blanco. Il l'avait accueillie au palais et, ne voulant pas l'installer dans les quartiers réservés au personnel, il lui avait fait attribuer une chambre dans le bâtiment principal. On n'avait jamais vu une chose pareille de mémoire de courtisan. Il s'était ensuite assuré qu'elle ne manquait de rien et lui avait donné un travail au palais. Très vite, il avait remarqué ses talents d'organisatrice : Livia savait découvrir les points forts de ceux avec qui elle travaillait, pour le plus grand bien du palais. C'est ainsi qu'il avait décidé de la prendre à son service personnel.

Car, après la mort de son père, Matteo avait congédié tous ses conseillers. Il voulait faire table rase du passé et du régime autoritaire qui avait mis à mal son pays. Livia était devenue tout à la fois son assistante, sa gouvernante et sa conseillère. Bref, elle était indispensable.

— Livia, je vous cherchais…

— Je suis toujours ici à cette heure, Votre Majesté, à moins que nous n'ayons d'autres engagements, mais vous savez que ce n'est pas le cas aujourd'hui.

— C'est juste. Il y a une chose dont je dois vous parler.

— Je vous écoute, répondit-elle sans lever les yeux de son ordinateur.

Ses traits délicats gardaient toujours la même expression calme, accentuée par les lunettes perchées sur le bout de son nez. Ses cheveux châtains étaient relevés en chignon dont quelques mèches folles s'échappaient pour danser autour de son visage. Elle avait des traits d'une telle finesse… De grands yeux aux longs cils pâles, un petit nez souvent plissé pour marquer sa détermination. Et sa bouche… Elle était unique. Ses mains étaient fines et énergiques, et elles couraient sans discontinuer sur son clavier.

Matteo savait que l'ordinateur qu'elle avait devant elle stockait bien moins d'informations que son esprit. Car cette femme se rappelait chaque détail de tout ce qu'elle approchait. De ce fait, Matteo n'avait jamais besoin de retenir quoi que ce soit : tout se trouvait rangé à sa place dans l'incroyable cerveau de Livia.

Cela tombait bien puisqu'il était roi et devait consacrer ses pensées à une multitude de sujets, tous de la plus haute importance. Il lui fallait gérer un royaume ! De la prairie la plus verte à la montagne la plus enneigée, tout dépendait de lui. Il ne pouvait s'encombrer l'esprit de vulgaires détails. Livia savait tout. Il faisait tourner sa planète et elle s'occupait du quotidien. À eux deux, ils formaient une équipe parfaite.

— Maintenant que Javier et Violet sont mariés, je me retrouve bêtement célibataire, lança-t-il sans préambule.

— C'est vrai, acquiesça-t-elle, toujours concentrée sur l'écran.

— Cela m'a fait réfléchir.

— Hum…, murmura-t-elle.

Elle avait visiblement l'esprit ailleurs.

— Vous devriez m'épouser, Livia.

— Non, Votre Majesté.

Elle n'avait pas cillé, ses doigts ne s'étaient pas arrêtés de marteler le clavier. Elle n'aurait pas réagi autrement s'il lui avait annoncé la météo du lendemain.

— Comment ça, non ?

— Non.

— Ce n'était pas une question.

— Traditionnellement, répliqua-t-elle d'un ton si calme qu'il en était presque agaçant, l'homme formule ce genre de demande sous forme de question. Et la dame peut accepter ou refuser.

Matteo balaya cet argument d'un geste agacé.

— Je n'ai pas l'habitude d'attendre le consentement de qui que ce soit lorsque je prends une décision.

— C'est ce que je vois. Mais c'est non quand même, conclut-elle en continuant son travail.

— Allons, vous m'épouserez, c'est une évidence !

— J'ai horreur des évidences.

— Peu importe, j'ai besoin d'une épouse.

— Je peux vous en trouver une demain. Mais ce ne sera pas moi.

— Livia, mesurez-vous bien le grand honneur que cela représenterait d'être ma femme ?

Elle leva vers lui ses grands yeux violets emplis de dédain.

Du dédain ?

Non seulement elle lui opposait un refus, ce que personne n'avait jamais osé faire, mais en plus, elle le dédaignait ? Sa Minnie ? Celle qu'il avait tirée du ruisseau, à qui il venait d'offrir un trône !

— Je n'ai pas besoin d'un tel honneur, affirma-t-elle. Allez donc faire cette proposition à d'autres, vous n'aurez que l'embarras du choix pour trouver celle qui conviendra ! Pour ma part, cela ne m'intéresse pas. D'autant que vous avez déjà demandé la main d'une autre auparavant. Je ne suis pas un lot de consolation. À mon avis, vous feriez mieux de gérer cette affaire comme le font les autres souverains.

— Ce qui veut dire ?

— Ma foi, je ne viens pas d'une famille royale, je ne connais pas les détails de ces arrangements. Les unions sont généralement le fruit d'intrigues politiques dans les hautes sphères, non ? Vous pouvez aussi organiser un grand bal au cours duquel toutes les concurrentes déploieront leurs talents devant vous. Il y a aussi le test des vingt matelas avec le petit pois au-dessous…

Matteo n'en revenait pas. Ses souhaits, d'ordinaire, devenaient des ordres sitôt formulés… Livia était la première à lui dénier quelque chose.

— Vous n'avez pas le droit de refuser de devenir ma femme.

— Peut-être, mais qu'allez-vous faire ? M'enfermer dans le donjon ? Nous y sommes déjà, non ? Vous y avez établi votre bureau…

Elle lui lança un regard de défi et il eut l'impression qu'elle lui échapperait complètement s'il insistait maintenant.

— Vous ne me croyez pas capable de vous mettre au cachot ?

— Non, car nous savons tous les deux que vous n'êtes pas un roi qui jette les gens aux oubliettes. C'était votre père qui faisait cela, et vous n'êtes pas comme lui. Vous possédez certes une arrogance royale, mais vous n'êtes pas cruel, je le sais aussi bien que vous.

— J'aurais pu vous laisser assise par terre sous ce porche, vous savez !

— C'est juste. Mais votre grande tragédie, Matteo, c'est que vous avez un cœur. Même s'il est parfois dur à trouver.

— Livia, j'ai réfléchi longuement à tout ceci. Je connais mes devoirs envers mon pays, envers ses habitants. Je sais ce qu'exige la position de reine et j'ai décidé que vous êtes la meilleure pour ce rôle.

— Vous vous trompez, Majesté, avec tout le respect que j'ai pour vous.

— Minnie, d'un claquement de doigts, je pourrais…

Le regard de Livia s'aiguisa.

— Je ne suis plus une gamine de dix-sept ans. Je ne crains pas de perdre ce que j'ai. Vous ne pouvez exercer aucun chantage sur moi.

Elle revint tranquillement à son travail et Matteo dut affronter l'idée qu'il rencontrait là un obstacle impossible à franchir.

Livia aurait voulu être surprise par la demande en mariage de Matteo. Elle l'aurait vraiment voulu. Hélas, ce n'était pas le cas. Elle savait d'avance qu'il allait lui proposer cette union.

Avec une étrange et déprimante certitude, elle l'avait prévu dès l'instant où le mariage royal avec Violet ne s'était pas fait. En effet, Violet était tombée amoureuse de Javier, le frère cadet de Matteo.

Depuis, Livia s'attendait à tout instant à entendre le roi lui faire sa demande…

Le pire, c'était la joie pure, immédiate, qu'elle avait ressentie quand on avait annoncé la rupture des fiançailles de Violet et Matteo. Emplie d'un espoir démesuré, elle s'était laissé submerger par ses fantasmes.

Elle s'était délectée de rêves interdits, s'autorisant même à se demander : *Et si… ?* C'était si facile d'imaginer cette parfaite union, aboutissement logique, puisqu'elle aimait ce roi…

Oui, elle l'aimait. Et ce, depuis le jour où son auguste main l'avait secourue, alors qu'elle n'avait que dix-sept ans. Comment aurait-il pu en être autrement ?

Il était le plus bel homme qu'elle ait jamais vu. Au début, elle en avait été terrifiée. Car Matteo, tel un lion majestueux, pouvait éliminer d'un coup de patte tout ennemi qui se dressait devant lui. Il avait une force peu commune et il n'hésiterait pas à s'en servir. Cela, elle en était sûre : même si le roi adoptait la conduite d'un homme civilisé, c'était un lion, sauvage et conquérant. Bien sûr, il avait tout fait pour prouver aux habitants de Monte Blanco qu'il n'était pas comme son père, que son règne ne serait pas dévastateur, qu'il n'y aurait plus de cachot ni d'emprisonnements arbitraires. Plus personne ne disparaîtrait nuitamment pour avoir dit du mal du roi. Non, cela était bel et bien fini. Matteo s'y était engagé.

Mais Livia savait que l'instinct affleurait sous le vernis sophistiqué : le félin ne demandait qu'à bondir. Elle qui avait passé des années à éviter les dangers qui la guettaient au coin de chaque rue, elle en était sûre. Mais, en dépit de son expérience, ou peut-être même à cause d'elle, elle s'était désespérément éprise de son roi.

Tout en sachant qu'il n'y avait aucune chance qu'ils soient un jour unis par les liens du mariage…

Car elle n'était qu'une gamine des rues, pas même exceptionnellement jolie.

Et lui était… Eh bien, il était le roi.

Les rêves de jeunesse auxquels elle se laissait aller avaient estompé cette dure réalité. Son romantisme nourrissait les espoirs les plus fous. Mais au fil du temps, elle avait compris que le roi ne l'aimait pas pour elle-même. Il la considérait comme une sorte de garde-fou : ne se tenait-elle pas toujours prête à le dépanner ? Il pouvait compter sur elle pour le sortir de n'importe quel embarras.

Alors, quand la joie consécutive à la rupture des fiançailles du roi s'était émoussée, elle avait su que, jamais au grand jamais, Matteo n'épouserait celle qui lui servait de garde-fou.

Cela n'avait rien de personnel. Simplement, pour qu'elle puisse le servir, il fallait rester à l'écart des passions. Et l'idée d'un mariage de convenance lui faisait horreur.

De Matteo, elle connaissait tout. Elle avait envoyé les cadeaux de rupture aux diverses maîtresses qui n'avaient plus eu l'heur de lui plaire. Elle lui avait imaginé des excuses pour des absences à des rendez-vous, avait agencé de secrètes rencontres. Elle avait vu celles qui lui plaisaient. Violet, l'ancienne fiancée, maintenant l'épouse de son frère, n'était pas son type : trop moderne pour lui, pulpeuse et vive, incroyablement belle. Mais il lui manquait ce côté glamour qu'aimait Matteo.

Il lui fallait des femmes sculpturales, à la hauteur de sa stature imposante. Des femmes du monde sophistiquées. De glaciales beautés aux cheveux platine, sanglées dans des tenues haute couture… Or, même perchée sur de hauts talons, Livia ne lui arrivait pas au menton ! Elle ne possédait pas non plus l'esprit dont les compagnes de Matteo pimentaient leur conversation ; les saillies piquantes ne lui étaient pas naturelles. Pas plus qu'elle n'était dotée de ces sourires radieux qui tuaient plus sûrement qu'une arme de précision.

Aucune de ces froides beautés n'était stupide, Matteo n'aurait jamais supporté cela chez ses conquêtes. Mais elles avaient toutes ce rire de gorge un peu rauque et ces mots affûtés comme des lances, prêts à épingler ceux qui osaient croire que, pour être blondes, elles étaient idiotes. On pouvait les créditer d'une réelle intelligence, admettait Livia à regret. Car elles avaient su se saisir des avantages que leur accordait la société et les utiliser à leur plus grand profit.

Livia, elle, avait deux talents : d'abord, elle était entêtée. C'était ce trait de caractère qui pilotait ses rapports avec les chefs d'État : tout comme les ex-conquêtes de Matteo, ces derniers cherchaient à se frayer une place dans l'emploi du temps saturé du roi. Livia savait rester ferme, avec eux comme avec les attachés de presse et tous ceux qui devaient passer par elle pour accéder à la personne du roi.

Son second talent était de ne jamais rien oublier. Immanquablement, elle savait qui mentait en invoquant un rendez-vous donné par le roi. Elle se rappelait si Matteo avait mis fin à sa relation avec telle ou telle blonde et s'il y avait la moindre chance qu'elle attende un enfant de lui, soi-disant engendré la veille de la rupture.

Oui, elle était la vestale du temple, la gardienne de son quotidien.

Mais elle ne se faisait aucune illusion : ni l'un ni l'autre de ces talents ne suffisaient à justifier que Matteo nourrisse une attirance pour elle. Sa demande était motivée par tout autre chose, elle le savait bien. N'aurait-il pas pu être un peu moins prévisible ?

En fait, elle le connaissait trop bien et cela la perturbait. Sachant quel type de femmes il aimait, elle avait conscience de ne pas y correspondre du tout. Elle n'ignorait pas non plus qu'il était prêt à sacrifier beaucoup pour sa tranquillité d'esprit… et lui demander sa main à elle était plus facile que de chercher une épouse.

— Je vous préviens, Livia, vous ne pourrez pas rester à votre poste si vous refusez.

Elle reporta son regard sur le visage qui lui était devenu si cher. Livia était chez elle au palais, et ce depuis plusieurs années. Matteo la payait bien. Généreusement, même. Elle ne restait pas à son service par gratitude et elle connaissait la valeur de son propre travail. Toute en discrétion, elle avait su accéder au plus haut niveau de décisions. Elle ne serait pas démunie si elle quittait le palais maintenant. Ce n'était pas la crainte du lendemain qui l'avait fait rester à son poste jusqu'à ce jour… Elle avait parcouru un long chemin avec le roi et elle aimait son travail. Cependant, c'était une voie sans issue, elle le comprenait à présent.

— Eh bien, dans ce cas, je démissionne !

Livia regarda les agendas ouverts sur son bureau. Ils contenaient… tout. Toute l'activité de Matteo pour les prochains mois, planifiée jusque dans les moindres détails. Les vêtements qu'il porterait, lequel de ses jets il utiliserait, quels entretiens rapporteraient le plus au pays en termes d'opportunités… Elle avait tout organisé, tout prévu.

Même ses tenues à elle. Car elle se tenait toujours à ses côtés quand il se déplaçait, vêtue de noir, invisible mais prête à intervenir en cas de besoin. On ne la remarquait pas, elle se fondait dans le décor, comme une petite souris. Elle était sa Minnie. Celle qui savait se faire oublier quand le roi n'avait pas besoin d'elle. Et qu'il oubliait facilement, d'ailleurs !

Et voilà que soudain il voulait faire d'elle sa femme ? Jamais !

Travailler quotidiennement aux côtés de Matteo en le sachant hors d'atteinte était une épreuve en soi. Mais devenir sienne sans que lui-même soit jamais à elle, cela serait insupportable.

— Vous ne pouvez pas démissionner, répliqua Matteo.

Elle haussa les épaules.

— Je viens de le faire.

Elle laisserait ses agendas derrière elle. Elle sortirait sans regarder en arrière. Elle tirerait un trait sur sa vie au palais.

La vague de joie qui la submergeait en cet instant était indescriptible. La seule fois où elle avait ressenti un tel bonheur, c'était en apprenant que Matteo n'épouserait pas Violet. Cependant, le contrecoup avait été terrible. Il faudrait s'attendre à la même décompensation quand la réalité de sa nouvelle vie s'imposerait à elle, mais, pour l'instant, elle se sentait… toute neuve. Plus forte.

Elle ne l'épouserait pas. Elle ne serait plus son assistante. Peut-être ne resterait-elle même pas à Monte Blanco.

Livia se sentait sereine et déterminée. À des années-lumière de celle que le roi avait sortie de la rue, de la gamine qu'elle était alors, amère, en colère, incapable de s'imaginer le moindre avenir. À cette époque, elle avait un couteau dans sa botte au cas où un homme s'aviserait de prendre des libertés avec elle. Elle s'en était servie. Et les hommes avaient reculé.

La faim au ventre l'avait rendue mesquine et, quand elle trouvait de quoi manger, elle ne partageait avec personne.

La Livia de l'époque avait du mal à se projeter, son horizon ne dépassait pas le lendemain. Sa vie n'était que tristesse, faim et désolation. Comment aurait-elle pu rêver de devenir un jour l'assistante d'un roi ? De se sentir puissante au point de tourner le dos à ce même roi, plutôt que d'accepter de partager le trône avec lui ?

Elle aurait voulu revenir en arrière, dire à la Livia d'alors que rien n'était joué, même si sa mère l'avait abandonnée... Livia se rappelait sa frayeur quand elle s'était retrouvée seule au milieu de ce bruyant carnaval, une barbe à papa à la main, lançant des regards affolés autour d'elle. Convaincue que sa mère n'était pas loin. Qu'elle allait revenir.

Il lui avait fallu des jours pour accepter la réalité. Sa mère était partie. Elle ne voulait plus d'elle. Rien n'avait pu atténuer la peine que Livia avait ressentie alors, ni rien depuis. Elle avait vécu seule : c'était moins dangereux que de s'en remettre à une personne qui ne voulait pas de vous. Elle savait comment finissait l'histoire dans ce cas.

Donc, tout bien pesé, elle préférerait la solitude la plus atroce à l'idée d'être un lot de consolation pour Matteo. Parce qu'au bout du compte, elle aurait fini seule au milieu d'un carnaval de courtisans, sans même une barbe à papa pour lui faire croire encore un peu qu'on l'aimait.

Elle n'était plus une enfant des rues. Elle n'avait plus besoin qu'on la prenne en pitié. Elle était adulte, savait réfléchir, avait maintenant de l'argent de côté.

— Vous ne pouvez pas me quitter, déclara le roi.

— Bien sûr que si, rétorqua-t-elle avec assurance. Je pars à l'instant. Je ne vous épouserai pas, Majesté. Pour rien au monde.

Elle prit son sac et quitta le bureau, un sourire aux lèvres. Une souris, oui, mais avec la force d'une lionne.

2.

— Comment ça, elle est partie ?

Ses agendas étaient toujours là. Il l'avait vérifié.

— Elle a quitté les lieux, confirma Javier.

Après une séance de mise en forme, Matteo était venu se détendre en compagnie de son frère. Ils se trouvaient dans le bureau de ce dernier.

— Et comment l'as-tu appris ?

— Par Violet. Elle a vu Livia partir, un petit sac à la main, et elle lui a demandé ce qui se passait. Il paraît qu'elle avait l'air triste, mais elle affirmait qu'elle ne pouvait pas rester.

— C'est impossible, elle ne peut pas partir, c'est mon assistante.

— Ta souris, rectifia Javier, moqueur.

Matteo savait que son frère désapprouvait ce surnom. Mais Javier ne pouvait pas comprendre. Personne ne le pouvait. Livia était bien plus qu'une assistante, et cela depuis le début.

— Oui, ma souris aussi. Je lui ai tout donné.

— Même le courage de s'opposer au roi. Elle peut voler de ses propres ailes, visiblement.

— Je n'y crois pas : elle a laissé ses agendas…

Javier haussa un sourcil.

— Et alors ? Pourquoi en aurait-elle besoin, dorénavant ?

— Mais moi, comment vais-je faire ? s'énerva Matteo.

Plus d'emploi du temps, plus de but, plus de moteur. L'avenir lui paraissait soudain désertique.

L'organisation de son emploi du temps était plus qu'un

instrument pratique. Cela donnait à Matteo l'occasion de se concentrer sur l'essentiel. Sa vie, c'était de travailler toute la journée. La nuit, il tentait de dormir, mais fermait à peine l'œil. D'insoutenables cauchemars le perturbaient. Et s'il tenait, c'était grâce à l'organisation impeccable mise en place par Livia.

Au petit matin, il filait à la salle de gym et faisait travailler son corps jusqu'à l'épuisement. Car, au moins, la douleur venait de ses muscles, et pas de son inconscient, hanté par les souvenirs d'un père mort depuis plusieurs années.

— Tu regarderas les plannings qu'elle a laissés, suggéra Javier. Cela t'aidera, dans les premiers temps…

— D'accord, mais après ? Tu sais, reprit-il tout à trac, je l'ai demandée en mariage.

Javier se redressa d'un bond.

— Pardon ?

— Je lui ai demandé de m'épouser.

— Je ne savais pas du tout que tu nourrissais ce genre de sentiments pour elle.

— Je t'ai dit des milliers de fois qu'un roi n'a pas de place dans sa vie pour l'amour, prêcha Matteo. Je ne peux pas, je ne dois pas avoir de tendres sentiments pour quiconque. Livia est un choix évident : elle organise déjà ma vie, elle serait un atout incomparable pour le pays. Imagine les organisations caritatives qu'elle pourrait mettre sur pied ! Déjà, elle remplit pratiquement les fonctions d'une reine.

— À part chauffer ton lit. Et te doter d'héritiers.

La remarque prit Matteo par surprise. Au fil des ans, il avait fait de considérables efforts pour ne pas imaginer sa Minnie dans son lit. Agir autrement aurait violé le code d'honneur qui lui tenait lieu de conscience.

Mais bien sûr, si Livia devenait reine, cela ferait partie de ses obligations… C'en serait même la part majeure, car s'il n'avait pas fallu de descendance à Matteo, quel besoin aurait-il eu d'une épouse ? En fait, il aurait préféré s'en passer. Et d'enfants avec… Car il y avait des taches indélébiles dans sa lignée, des tares qu'il portait dans ses gènes et qu'il préférait ne pas transmettre…

Son père était quelqu'un de profondément mauvais. Ce qu'il avait fait à Javier, la façon dont il l'avait manipulé… C'était purement et simplement diabolique. Et Matteo n'avait pas pu protéger son frère, c'était cela qui lui faisait mal. À l'époque, il se débattait avec ses propres problèmes.

Mettre Livia dans son lit ?

Matteo ressentit comme un coup de poignard en plein cœur.

Il s'était forcé à considérer toute idée de ce type comme immonde. Il connaissait Livia depuis qu'elle était toute jeune. Il l'avait sauvée de la rue. Il se la représenta telle qu'elle était alors, avec sa jolie bouche rose affichant une moue méfiante, désapprobatrice…

— Ce sera pratique, marmonna-t-il.

— Pratique, dis-tu ? C'est vrai, ironisa Javier, je ne comprends vraiment pas pourquoi elle t'a dit non.

— Elle a dit non parce qu'elle s'est montrée déraisonnable ! fit Matteo, trop absorbé pour relever le sarcasme de son frère.

— Livia n'est *jamais* déraisonnable, tu le sais aussi bien que moi. Toi, par contre, ces derniers temps, tu ne t'es pas toujours montré particulièrement sensé…

— Dit celui qui était chargé de me trouver une fiancée et qui l'a séduite.

— Ce dont tu te moquais, je te rappelle ! De même que tu te moques du refus de Livia. Ce qui t'ennuie, en fait, c'est que ça te complique les choses.

Non, il n'était pas comme cela. Il ne réagissait pas seulement en homme contrarié. Il n'était pas si mesquin !

— Mais si, mon cher frère, insista Javier comme en réponse.

Matteo écarquilla les yeux. Avait-il exprimé ses pensées à voix haute ?

— Quand le roi donne un ordre…, commença-t-il.

— « Donne un ordre » ? répéta son frère. Je croyais que tu lui avais *demandé* de t'épouser, Matteo !

— Oui, c'est ce que j'ai fait. Mais, émanant du roi, toute demande devient un ordre.

— Mon cher, tu vis sur une autre planète.

— La prochaine fois que je voudrai ton opinion, je te la demanderai, se cabra Matteo. Et ce n'était pas le cas !

— Personne ne semble vouloir mon opinion, répondit Javier avec philosophie. À part ma charmante femme qui, d'ailleurs, ne voulait pas t'épouser non plus…

— Et cela reste une énigme, vu que je suis bien plus agréable que toi.

— Tu mens mieux que moi, c'est certain.

Matteo prit un moment pour peser cette déclaration.

— Ce n'est pas mentir que de se comporter en fonction des circonstances, dit-il enfin. Je sais quand endosser le manteau de la royauté.

— Et ça ne marche pas du tout sur Livia. Elle te connaît trop bien.

— Violet t'a-t-elle dit où allait Livia ?

— Non, mais je ne pense pas que ma femme soit dans la confidence non plus.

— Je la ferai rechercher, de toute façon. Elle ne peut pas quitter ses fonctions ainsi, sur un coup de tête. Elle va vite s'en rendre compte.

— À mon avis, elle ne tient pas à ce que tu connaisses sa destination. Tu pourrais respecter son souhait, suggéra Javier.

— Je te rappelle que je me suis occupé d'elle pendant neuf ans !

— C'est plutôt elle qui s'est occupée de toi pendant tout ce temps. Inutile d'être très malin pour s'en rendre compte !

— Je la retrouverai, assura Matteo, insensible aux arguments de son frère. Où est ta femme ?

— Ne l'ennuie pas. Elle est fatiguée par sa grossesse.

— C'est normal. Mais je dois lui parler. Ne crains rien, je ne tenterai pas de refaire sa conquête.

Javier s'éloigna en soupirant et ouvrit la porte de l'antichambre qui menait à leurs quartiers privés.

— *Querida*, mon frère souhaite s'entretenir avec toi.

— Très bien.

Violet les rejoignit, très en beauté, comme d'habitude. Pourtant, rien chez elle ne faisait frémir Matteo, pas plus aujourd'hui qu'au moment de leurs fiançailles. Jamais il ne s'était vraiment intéressé à cette femme. Peu enclin à l'introspection, il ne s'en était pas inquiété à l'époque. À quoi cela pouvait-il donc servir d'interroger sa conscience ?

— Tu as vu ma souris tout à l'heure, Violet. Elle t'a dit où elle allait ?

— Non. Elle m'a juste dit qu'elle partait.

— Et tu n'as pas essayé de l'en empêcher ?

— De quel droit aurais-je fait cela ? Elle semblait déjà assez bouleversée, et j'imagine que c'est par ta faute.

— Oui, j'ai commis la faute de la demander en mariage.

— Ce qu'il veut dire, précisa Javier, est qu'il lui a ordonné de l'épouser.

— C'est pareil, grommela Matteo.

— Ah non, c'est très différent, rétorqua Violet. Ayant reçu une demande identique de ta part, je peux t'assurer que c'est le jour et la nuit. Cela me surprend pourtant qu'elle t'ait refusé.

— Merci. J'en suis choqué, moi aussi.

— Ne l'encourage pas, intervint Javier. Son ego tient déjà trop de place. Bientôt, on ne saura plus où le caser.

— Il y a de la place libre au palais, maintenant que Livia est partie, répliqua froidement Matteo. Mais ça ne m'empêche pas de trouver ce départ inacceptable.

— Dis-moi quelles étaient ses objections à ce mariage…

— Elle n'en a pas mentionné, justement. Elle s'est contentée de refuser.

— Livia doit se demander ce qu'elle gagnerait à t'épouser. Si j'étais toi, je m'assurerais qu'elle y trouve quelques avantages.

— Et comment faire, maintenant qu'elle est partie ?

— Puisque tu tiens absolument à la retrouver, fais-le et plaide ta cause.

Certainement pas, songea Matteo. Cela aurait donné l'impression qu'il lui courait après !

— Si tu penses qu'elle est capable de régner sur notre pays, reprit Javier, tu dois en passer par là, cher frère.

Ce n'était pas une si mauvaise idée, en fait, songea Matteo après réflexion. Il ferait valoir ses arguments et Livia comprendrait qu'il avait raison. Qu'elle était le meilleur choix pour le pays. Après l'avoir désignée, il ne pourrait plus changer d'avis. Il faudrait que Livia règne. De toute façon, personne d'autre ne convenait. Et puis, il lui avait offert un toit et une position sociale. À présent, il allait la doter d'un titre de reine et d'un nom de famille. En contrepartie, elle lui donnerait des héritiers. Oui, il en irait ainsi. Il ne laisserait pas Livia le défier.

Si sa souris croyait lui échapper, elle allait devoir se faire une raison. Car, pour avoir un courage extraordinaire, elle n'en restait pas moins une proie.

Et lui, bien sûr, était un prédateur.

Livia n'avait jamais eu de logement à elle.

Il lui était arrivé de posséder un grand carton. Un carton qui n'appartenait qu'à elle, dans un recoin de rue. Il lui avait servi d'abri deux jours, et ensuite la pluie l'avait rendu inutilisable. Cela ne comptait pas vraiment, comme logement… Mais cet appartement…

Elle examina les lieux d'un œil critique. Le plancher de bois avait souffert, le plafond était trop haut, les fenêtres trop étroites. Mais elles donnaient sur la Seine…

De nombreuses fois, dans ses fonctions d'assistante, elle s'était rendue à Paris avec Matteo, invisible dans son discret uniforme noir, prête à fournir le soutien logistique qu'il attendait. Cette fois, elle était venue seule et ce logement serait le sien. Pas luxueux, certes, mais suffisant : salon, cuisine, chambre et salle de bains… Il ne lui en fallait pas plus, à elle qui n'avait jamais rien possédé. Évidemment, elle allait devoir l'aménager. Pour l'instant, elle n'avait même pas de lit. Une table, une chaise et une étagère constituaient l'essentiel de son mobilier… Elle était descendue dans un petit hôtel, le temps de s'installer. Bientôt, elle ferait de ce lieu son véritable chez-soi. Puisque le palais n'était plus le sien…

Elle se rappela la première fois qu'elle y avait débarqué … À bout de forces. Furieuse. Effrayée.

Elle ne faisait aucune confiance à Matteo, malgré les paroles de réconfort qu'il avait prononcées. Il était depuis peu roi de Monte Blanco et rien ne prouvait qu'il serait différent de son père. Le roi précédent était un monstre, qui avait fait un jeu de tourmenter la famille de Livia. Plus une tribu qu'une famille, à vrai dire : des gens pauvres, des nomades qui déménageaient au fil des saisons. Leur dénuement était total. Livia se demandait parfois si sa mère avait dépensé ses derniers sous pour lui offrir cette barbe à papa avant de l'abandonner. Comme pour atténuer sa culpabilité…

Sa mère avait-elle rejoint la famille après cela ? Livia en doutait. Car abandonner un enfant était considéré par les siens comme un acte des plus méprisables. Ils n'avaient rien, mais ils étaient fiers et la famille était pour eux la valeur suprême. La petite Livia avait tenté de les retrouver, elle avait marché des jours durant. Mais ils avaient poursuivi leur route et il n'y avait que les traces de cendre des foyers pour lui indiquer la piste à suivre. Un beau jour, elle n'avait plus eu la force de les chercher.

Pendant la belle saison, sa famille gagnait les montagnes. Quand le froid arrivait, tous revenaient près des villes. L'hiver qui avait suivi son abandon, Livia s'était rendue dans les lieux où ils passaient d'habitude, mais elle n'avait trouvé personne.

La faute en revenait au roi. Il y avait eu des rumeurs envers leur communauté, que l'on avait accusée de fomenter un soulèvement, et des hommes avaient disparu. Alors ceux qui restaient s'étaient évanouis dans la nature, loin de la police royale et tout à fait hors de portée d'une fillette de dix ans.

En dépit d'elle-même et de la peur qui l'habitait, elle n'avait eu d'autre choix que l'espoir quand Matteo l'avait fait entrer au palais.

— Ce sera ta chambre, lui avait-il dit.

— Ma chambre ? avait-elle répété, stupéfaite autant qu'émerveillée.

Elle avait décidé d'y croire.

— Des arrangements pourront survenir par la suite, suivant les besoins, avait précisé le roi.

L'émerveillement avait cédé place à l'indignation.

— Je ne partagerai pas une chambre avec vous !

Il s'était mis à rire et elle s'était vexée, tout en haillons qu'elle était, mais drapée dans sa fierté.

— Je ne veux rien de tel, rassure-toi ! Sache que je ne partage ma chambre avec personne, et surtout pas avec une gamine qui a l'air d'une souris affamée. Mais je te trouverai du travail au palais, fais-moi confiance. Il y a toujours à faire. Tu pourras garder le poste tant que tu en auras besoin.

— Vrai ?

— Vrai.

— Je…

Rendue muette par la surprise, elle s'était tue. Elle avait admiré les murs tendus de tissu, le lit immense qui paraissait si confortable. Elle n'avait jamais rien vu de tel. Cela dépassait ses rêves les plus fous.

Et cet homme qui ressemblait à un ange, avec son visage aux pommettes hautes, ses yeux sombres et ses cheveux bruns balayés en arrière, cet homme dont le sourire n'était ni suave, ni mauvais comme celui des autres… Il semblait sortir d'un rêve, lui aussi. Mais d'un rêve qui n'était pas celui d'une fille comme elle.

— Quel est ton nom ? avait-il demandé avec une intensité dans la voix qui avait bouleversé Livia.

Cette simple question était un cadeau pour elle. Depuis combien de temps personne ne s'était-il soucié de son nom ?

— Livia.

— C'est ton prénom. Et ton nom de famille ?

L'amertume lui avait serré la poitrine et elle avait levé haut le menton.

— Je n'ai pas de famille.

— Livia… C'est un joli nom.

Elle avait reçu le compliment, l'avait enfermé dans son cœur. Le roi aimait son nom.

Petit à petit, elle avait pris des forces. Découvert qu'elle adorait travailler au palais. Bien sûr, il s'agissait de nettoyer, mais cela lui plaisait de faire briller les belles choses. Elle avait le souci du détail. Cela agaçait parfois les domestiques plus anciens qu'elle, mais ce n'était pas grave, parce qu'elle se sentait vraiment bien dans ses nouvelles fonctions.

Se sentir bien… C'était une nouveauté pour Livia. Ses années d'enfance, elle les avait passées dans un cadre où elle ne pouvait pas s'épanouir, seulement survivre. Et ici, elle avait le droit d'apprécier la beauté. Elle trouvait une joie simple à faire briller l'argenterie. Rendre plus beaux les objets qui l'entouraient était un luxe qu'elle savourait.

Bien sûr, elle savait que les gens de sa famille auraient méprisé la satisfaction qu'elle tirait de son labeur. Se faire plaisir était si loin de leur mode de vie ! Mais peu importait leur opinion. Ils l'avaient trahie. Elle ne leur devait rien.

Sa mère l'avait abandonnée. Et Livia avait vécu dans le dénuement. Donc, pourquoi ne profiterait-elle pas des beaux vêtements dont elle pouvait se vêtir désormais ? Ce n'était rien d'extravagant, un simple uniforme composé d'un pantalon noir et d'une chemise blanche, mais les tissus étaient fins, la matière ne grattait pas et le tout tombait parfaitement. Elle n'avait jamais ni trop chaud ni trop froid. Elle n'était plus à la merci des éléments.

Au début, elle avait évité toute sortie. Pourquoi se serait-elle aventurée dehors ? Elle y avait suffisamment vécu ! Elle appréciait de pouvoir rester au chaud, comme dans un cocon. L'air conditionné était toujours à la bonne température, elle pouvait même contrôler celle de sa chambre ! Oui, c'était le luxe à l'état pur et elle adorait ça. La nourriture qu'on servait à la domesticité était délicieuse. C'était la même que celle du roi… Et cela ne la dérangeait pas de manger les restes de la table royale.

Jamais, avant cette période, elle ne s'était couchée l'estomac plein. Là, elle vivait confortablement pour la toute première fois de sa vie. Et ce confort était presque… oppressant. Car il n'y avait pas une seconde où elle n'en avait pas conscience. Elle sentait à chaque instant la douceur du coton sur sa peau. À aucun moment elle ne tremblait de froid, à aucun moment elle ne mourait de chaud.

Et puis il y avait le roi. Sa présence. Elle la sentait partout. C'était comme un drapé de soie qu'elle aurait porté en permanence. Elle l'admirait sans réserve. Ce qui lui attirait des remarques : les autres domestiques trouvaient stupide cette adoration béate. Pourtant, sous le regard de Matteo, elle se sentait plus qu'une simple domestique…

Un jour, il s'était arrêté dans la salle de bal dont elle polissait les dalles à genoux, frottant jusqu'à ce qu'elle puisse s'y refléter comme dans un miroir.

— Est-ce que tout cela te convient, petite souris ?

— Oui, Votre Majesté, avait-elle répondu, j'apprécie beaucoup mon travail.

— Ma responsable du personnel dit que tu en fais toujours plus que ce qui t'est demandé. Elle dit que tu passes trop de temps à soigner les détails.

Un frisson de terreur avait parcouru Livia. Allait-on la congédier ?

— Oh ! mais… C'est parce que les détails comptent, Votre Majesté, avec tout le respect que je vous dois. C'est grâce à eux que l'ensemble est beau. Chacun a son rôle à jouer…

— Je partage ton point de vue, Livia.

L'usage de son prénom avait été comme un souffle frais sur sa peau.

— Mais je peux travailler autrement, si cela satisfait Mme Fernandez et Votre Majesté.

— Non, je veux que tu fasses les choses à ta façon. Quel type de détail t'intéresse particulièrement ?

— Oh ! Je ne sais pas… Le monde est fait de détails mis bout à bout. J'ai une très bonne mémoire. J'étudie le fonctionnement de ce qui marche et, une fois que j'ai compris, je n'oublie plus. Je peux me représenter un objet de mémoire et le recréer, avec les matériaux que j'ai à ma disposition. Cela m'a été bien utile lorsque j'étais à la rue. Je me rappelle les visages aussi, ceux des gens que je dois éviter, par exemple.

— Intéressant… Si tu devais remplir cette salle de bal d'invités, verrais-tu comment ils occuperaient l'espace ?

Elle avait regardé la salle, qu'elle connaissait par cœur pour avoir nettoyé chaque moulage des stucs qui décoraient les murs, chaque pampille des lustres.

— Oui, très bien et, de ce fait, je vois bien comment il faudrait agencer la pièce pour accueillir un grand événement.

— Fascinant ! avait-il commenté en la regardant avec ces yeux trop perçants qui donnaient à Livia l'impression qu'il lisait dans son âme. Quel étrange cerveau tu as…

Elle avait détourné le regard.

— Je n'ai eu que cela à faire pendant des années, Votre Majesté : me concentrer sur les détails. Se projeter dans l'avenir, quand on est à la rue, c'est déprimant. Tout ce qu'on peut espérer, c'est une longue vie de privation. Alors on essaie de la réduire à de petits moments. Si l'on n'y parvient pas, on devient fou. Il faut trouver de la joie dans les petites choses parce que c'est la seule qu'on peut espérer avoir.

— Eh bien, j'ai besoin de quelqu'un qui sache se concentrer sur les détails, car moi, je dois toujours voir les choses en grand. Une « grande prêtresse des détails », voilà ce qu'il me faut.

Livia revint au présent. À quoi bon s'attarder sur ce passé, sur l'époque où elle était la souris du roi, sa *grande prêtresse des détails* ?

Ses yeux s'emplirent de larmes. Non ! Pourquoi pleurer sur Matteo ? Au mieux, trop blessé par son passé pour aimer quiconque, le roi l'avait trouvée utile. Elle le savait. Et elle n'était au fond qu'une petite fille triste qui n'avait jamais su dépasser le culte voué au héros de sa jeunesse.

Il fallait qu'elle se concentre sur son avenir. Elle avait la possibilité d'avoir une vie à elle et de faire quelque chose de cette vie. Habiter Paris, elle l'avait décidé. Aller au bout de ses capacités, elle en possédait de nombreuses. Matteo n'aurait jamais dû devenir une telle obsession pour elle.

Matteo... Cela faisait des années qu'elle ne pensait plus à lui comme à un roi. Eh bien, à présent, elle ne penserait plus à lui, plus du tout. Elle était libérée. Enfin !

Elle prit une inspiration résolue et se retourna... Son cœur, alors, s'arrêta de battre. Elle n'avait rien entendu pourtant, pas un bruit, pas un souffle. Et voilà qu'il se matérialisait devant elle comme par magie. Il était là, dans l'encadrement de la porte, imposant. L'air furieux.

Son costume noir mettait en valeur les lignes musclées de son corps. Il avait été fait sur mesure, pratiquement cousu sur lui pour s'assurer qu'il tomberait impeccablement. Livia le savait, elle avait assisté aux essayages. Elle avait vu le roi nu jusqu'à la ceinture, alors qu'on mesurait chaque centimètre de son physique parfait.

Oh ! Il y avait de quoi torturer un esprit plus simple que

le sien… C'était à cet instant qu'elle avait su ce que signifiait *désirer un homme* : devant Matteo, intouchable, qui aurait dû lui inspirer le respect. Il avait beau se tenir à quelques mètres d'elle, il vivait sur une autre galaxie… L'expérience de la rue lui avait appris que les hommes étaient redoutables. Mais face à cette beauté masculine éblouissante, elle s'apercevait qu'il y avait plus que cela chez un homme. Ce qu'elle avait ressenti alors s'était imprimé en elle à jamais. Car, d'habitude, Livia n'éprouvait aucune attirance pour les hommes. Avec celui-ci, c'était différent.

Ici, à Paris, il ne devait pas être très difficile de trouver un homme beau à tomber par terre, un pirate de l'amour à la recherche d'aventures sans lendemain. Un homme qui aurait pu tout lui apprendre en matière de sexe.

Toutefois, imaginer cela en la présence de Matteo était tout bonnement risible. Aucun homme ne pouvait se mesurer à lui.

Elle cligna des yeux, juste pour s'assurer qu'elle ne rêvait pas. Non, il était bien là !

— Paris ? Je ne te croyais pas si romantique, Minnie.

Elle croisa les bras et lui décocha un regard redoutable par-dessus ses lunettes.

— Je ne te prenais pas pour un homme qui traque les femmes qui cherchent à lui échapper, Matteo.

— On en revient aux prénoms, alors ? Et on se tutoie ? Il me semble que le jour où tu es partie, tu en étais restée à un très formel « Majesté ».

— Je ne travaille plus pour toi, fit-elle, le menton haut. Je ne vis même plus dans ton pays.

— Qui est le tien aussi…

— Pas vraiment.

Elle revit sa famille, nomade, toujours sur la route. Avait-elle jamais eu un pays ?

— Tu as émigré, alors, petite souris ?

— On le dirait bien. Mais que viens-tu faire ici ?

— Te chercher, rétorqua-t-il en toisant non sans dédain l'appartement vide. Ton caprice s'arrête là.

— Ce n'est pas un caprice, c'est un déménagement.

— Eh bien, je vois les choses autrement.

— Navrée de devoir te contredire, mais ta vision des choses ne commande pas l'Univers. Ce n'est pas à toi de décider de mes actes ni de mes pensées.

Il abaissa son regard hautain sur elle.

— Tu te conduis comme une enfant.

— C'est moi qui me conduis comme une enfant ? Alors que tu me pourchasses avec une question à laquelle j'ai déjà répondu ! Ce n'était même pas une question, d'ailleurs, ajouta-t-elle, riant en dépit d'elle-même. Tu ne doutes de rien, tu es vraiment plein d'arrogance.

Les yeux de Matteo se firent perçants. Il s'avança.

— Que faudra-t-il pour te faire changer d'avis ?

— Pardon ?

— Pour que tu acceptes de devenir ma femme. Tout a un prix. Si tu as dit non, c'est que tu espères davantage.

— Jamais de la vie ! Je ne suis pas à vendre ! s'exclama Livia, horrifiée.

— Je ne t'ai pas proposé d'être ma maîtresse, mais bien de devenir ma femme, Minnie... La reine de mon pays.

— Comment résister à pareille offre ? La reine Minnie, responsable de l'emploi du temps royal. Grande prêtresse de ta routine !

— La mère de mes enfants.

Livia ressentit une brûlure, comme s'il avait planté une flèche dans le cœur, et la douleur se répandit dans tout son être. Ah ! si seulement elle avait eu ce couteau dans sa botte...

Elle n'avait pas prévu qu'il mettrait dans la balance de sa décision des choses si personnelles. Pourquoi avait-il fallu qu'il parle d'enfants ? Oh ! si seulement...

— Tu crois pouvoir m'acheter... Cela en dit long sur toi, lâcha-t-elle d'un ton méprisant.

Matteo dédaigna l'argument avec un haussement d'épaules.

— Quelle vie crois-tu que tu vas te faire ici, Livia ? Une petite existence sans lustre, comme celle de tout le monde. Mais tu n'es pas tout le monde ! Nous le savons tous deux. Tu es âpre et forte, déterminée. Bien trop brillante pour la plupart des hommes, tu ne crois pas ? Moi, j'en suis sûr. Aucun homme ne saurait s'y prendre avec toi.

— L'intérêt que tu portes à mon avenir est touchant. Et tu crois vraiment être celui qui… ?

— Cela n'a rien à voir avec moi, coupa-t-il. Et tout avec toi ! Quel est ton souci, Livia, pour que tu ne te croies pas digne de la fonction de reine ?

Son prénom… Il utilisait encore son prénom…

— Mon souci ? répéta-t-elle, bloquant la dérive de ses pensées.

— Tu dois en avoir un, si tu ne comprends pas où est ton intérêt. Réfléchis donc : grâce à ton expérience, tu vois les défauts du système, alors que je ne les vois pas forcément moi-même. Tu as raison, je suis arrogant. Mais que veux-tu, je suis le produit de mon éducation, je n'ai jamais prétendu le contraire. Je suis fait pour ma fonction de roi, j'ai passé toute ma vie à m'y préparer. Mon père, lui, ne se souciait pas du sort de son peuple. Il a réduit le pays à la mendicité et tu en as fait les frais comme beaucoup d'autres. Alors dis-moi, toi qui as vécu cet enfer, qu'est-ce qui m'échappe quand je regarde mon peuple ? N'y a-t-il pas une cause qui te tiendrait à cœur, que j'aurais négligée et que tu pourrais faire avancer grâce à moi ? Tu pourrais contribuer grandement au bonheur de ce pays…

— Quand tu pensais épouser Violet King, fille d'un nanti, mais aussi riche par elle-même, tu étais moins sensible au sort des déshérités, rétorqua froidement Livia.

— Ce qui m'intéressait chez elle, c'était sa sensibilité d'Américaine. Sa capacité à se faire toute seule. Je pensais que cela serait utile au pays. Mais toi, Livia, tu viens de bien plus bas et tu es arrivée à te faire une position enviable.

— J'ai été arrachée à mon sort par ta royale initiative, Matteo. Tu ne peux pas prétendre que je me suis faite seule.

— C'est ce que je pense, pourtant. Car c'est toi qui as attiré mon attention, toi qui t'es distinguée parmi les membres de mon personnel. C'est toi, c'est ton cerveau qui m'a déterminé à te promouvoir jusqu'à faire de toi mon assistante. Si, Livia, on peut dire que tu t'es faite seule.

— Attention, à force de m'appeler par mon prénom, tu vas finir par croire que je suis une femme, pas un rongeur.

Il lui jeta un regard appuyé.

— Tu penses que je te vois ainsi ? Comme un rongeur ?

— Tu m'appelles ta souris, ta Minnie…

Livia entretenait une étrange relation avec cette appellation. En fait, elle l'aimait autant qu'elle la détestait. Car Matteo ne donnait jamais de surnom à personne. Juste à elle… Il avait des termes de tendresse pour ses amantes, mais pas de surnoms. Elle seule en avait un. Peu glorieux, hélas…

— Je suis le lion, dit-il de sa voix douce et ferme. Et le lion a besoin d'une souris parfois…

Quelque chose se creusa en elle : elle était sensible à ces paroles et elle se méprisa de ne pas dédaigner une flatterie aussi éhontée. Depuis longtemps, Matteo cherchait à la manipuler, en jouant sur leur relation très particulière. Il voulait lui faire croire qu'elle comptait pour lui. Oh ! comme elle le détestait en cet instant !

— Sors de chez moi, Matteo ! Pour la première fois depuis que nous nous connaissons, je ne suis pas sous ton toit ni sous tes ordres. Et je peux vivre sans toi.

— Pense à Monte Blanco : le pays a besoin de toi.

— Tant pis. Parce que moi, j'ai besoin de devenir moi-même.

— Donne-moi une chance !

Livia le considéra, étonnée. Jamais depuis toutes ces années il n'avait refréné son arrogance ainsi, songea-t-elle.

Pour la première fois, il venait de lui demander quelque chose, sincèrement.

— Te donner une chance de quoi ?

— De te prouver quel mari je peux être.

Il franchit l'espace qui les séparait, posa la main sur sa nuque et l'attira à lui. Puis ses lèvres s'écrasèrent sur les siennes.

3.

Ce fut une révélation. Au fond de lui, il avait toujours su qu'il en irait ainsi. Il avait eu beau se le dissimuler, prétendre qu'embrasser Livia serait un acte vil, il savait… Car il avait toujours été fasciné par cette bouche si expressive, où l'on pouvait lire, suivant les jours, l'amusement, le dédain ou l'irritation… Cette bouche lui avait appris les humeurs de Livia, et maintenant il la goûtait.

Il la dévorait…

Livia. Livia, la seule femme qui…

Les souvenirs s'imposèrent. Cette nuit-là…

C'était juste avant qu'elle ne devienne son assistante. Elle n'était encore qu'une simple employée au palais et, bien sûr, il trouvait des excuses pour que leurs chemins se croisent, car il aimait bavarder avec ce petit bout de femme à l'esprit si vif. Mais ils ne se voyaient pas tous les jours.

Cette nuit-là, il avait mal, terriblement mal. Jamais il n'avait ressenti pareille douleur. C'était comme si on lui enfonçait des lames sous la peau. Et il n'avait pas mis longtemps à comprendre qu'il était en train de faire un cauchemar. Il avait fait son possible pour revenir à l'état de veille et repousser les assauts de son subconscient.

La douleur était dans sa tête, il le savait.

Le médecin à qui il en avait parlé lui avait dit que cette douleur, même si elle n'avait pas d'origine physique, était bien réelle, car toute douleur avait son origine dans le cerveau, et le corps répondait aux instructions que celui-ci envoyait.

Il en avait la démonstration violente à chaque nouvel épisode nocturne. Il revivait la torture à laquelle son père l'avait soumis quand il était enfant.

Quand il était enfin parvenu à sortir vraiment du sommeil, il avait senti une présence dans la pièce. Il n'avait pas réfléchi, n'avait pas cherché à savoir qui pouvait bien se trouver là. Non. Il avait fait ce que tout guerrier devait faire : il avait attaqué.

Il s'était jeté hors du lit, nu puisque c'était ainsi qu'il dormait, et avait sauté sur l'ennemi. Mais l'ennemi était doux, pâle et frêle. L'ennemi n'avait pas cherché à se défendre, ni à lui échapper. Il n'avait pas hurlé, pas supplié pour qu'on lui laisse la vie sauve.

Il était alors devenu clair que l'ennemi était une femme…

— Votre Majesté…

Il connaissait cette voix. Il la connaissait par cœur. Douce, posée, et pas plus alarmée que si elle lui lisait un rapport sur l'état du palais.

— Livia…

— Votre Majesté, j'ai entendu vos râles. J'étais dans les couloirs parce que je n'arrivais pas à dormir et…

— Vous n'avez pas la permission d'entrer ici.

— Je le sais. Et je m'en excuse. En fait, j'en profitais pour nettoyer. Je sais qu'il y a ce grand événement demain… Je m'employais à travailler, puisque de toute façon je ne dormais pas. J'allais regagner ma chambre quand je vous ai entendu. Vous souffrez ?

— Non, mentit Matteo en serrant les dents car la douleur, tout psychosomatique qu'elle fût, le brûlait.

— Je peux vous apporter quelque chose ?

— Du café, répondit-il.

Il aurait dû la renvoyer sans cérémonie, mais elle proposait de lui rendre service, alors pourquoi pas ?

Elle s'empressa de quitter la chambre. Il s'attendait presque à ne pas la voir revenir. Mais si : elle fut vite de retour, impeccable dans son uniforme, comme si on était en pleine journée.

Elle alluma. Il s'était assis sur le lit, protégé par un pan de drap, mais il vit ses yeux s'agrandir lorsqu'elle le découvrit. Puis elle avança vers lui. Sans trembler. Au contraire, elle affrontait son regard. Mais elle s'arrêta à bonne distance du lit.

— Je ne vous ferai pas de mal, Livia.

— Je le sais, dit-elle en lui tendant le plateau, s'approchant encore d'un pas.

— Et vous, vous n'en prenez pas ? demanda-t-il après une première gorgée.

— Je ne m'autorise pas l'accès à la cuisine en dehors des moments où le personnel déjeune, Sire.

— Vous devriez. Il le faut ! Vous êtes trop maigrichonne.

Il la vit froncer les sourcils.

— Pardonnez-moi, Sire, mais portez-vous toujours un jugement sur la condition physique de ceux qui travaillent avec vous ? fit-elle, non sans irritation.

— Non, mais je me soucie de la vôtre. Vous étiez dans un triste état quand je vous ai trouvée et je ne l'oublie pas.

— Mon état n'était ni pire ni meilleur que les années précédentes. J'ai pourtant survécu. Il le faut bien.

Elle haussa les épaules.

— Tout le monde n'y parvient pas, à survivre, fit-il remarquer.

— C'est vrai, dit-elle, sourcils froncés sous l'effet de la réflexion. Mais moi, oui. Et je continue.

— C'est admirable.

— Vous aussi, vous avez survécu…

Et à cet instant, Livia fit cette chose incroyable aux yeux de Matteo : elle s'assit à l'extrémité du lit, pas assez près pour qu'il puisse croire qu'elle lui faisait des avances. Comme si elle voulait lui montrer sa solidarité. C'était étrange, inattendu… Jamais encore une femme, ni quiconque d'ailleurs, ne s'était assis près de lui de cette manière. Et sûrement pas au beau milieu de la nuit !

Quand il était nu avec une femme, ce n'était pas pour le plaisir de la conversation.

— Je fais des cauchemars moi aussi, dit doucement Livia. Certaines nuits, quand j'étais à la rue, je ne pensais pas survivre jusqu'au matin. Je dormais avec un couteau, prête à tout, à me réveiller en poignardant un attaquant s'il le fallait.

La poitrine de Matteo se serra.

— Et cela est-il arrivé ? Avez-vous dû vous défendre avec votre couteau ?

— Oh oui, plusieurs fois. Plus il fait chaud, plus le danger s'accroît. Par temps froid, les gens se calfeutrent et ne pensent pas à accoster les femmes dans les recoins sombres. Mais en été… C'était assez confortable d'être sans abri à Monte Blanco, car la température est souvent clémente. La nuit cependant… Il faut se méfier des maraudeurs, surveiller tout ce qu'ils pourraient vous prendre.

— Vous avez songé à vivre ailleurs qu'en ville ?

Elle détourna le regard, tirant distraitement sur un fil de la couverture.

— Oui, parfois. Mais dans la forêt, il y a d'autres menaces : les loups, les bêtes sauvages. Et mes armes sont plus efficaces pour me débarrasser des hommes. Ceux-ci sont plus faciles à éloigner que les animaux, fit-elle avec un sourire si large qu'il le vit dans l'obscurité. Mais il est vrai que les loups sont moins prédateurs.

— Vous n'avez pas une bien haute opinion des hommes…

— Avant de vous connaître, non. Je n'avais pas eu l'occasion de voir ce qu'il y avait de bon en eux. Vous m'avez montré une autre facette du genre masculin. Vous pouvez en être fier.

Il ne sut comment réagir à cela. C'était un étrange compliment, venu d'une personne si bas dans l'échelle sociale. Et pourtant, ces mots le réconfortaient, ils lui prouvaient qu'il n'était pas le monstre que son père avait été. Lui, il avait de la bienveillance, alors que son père en était dépourvu. D'ailleurs, ce dernier avait cherché par tous les moyens à l'en débarrasser car, pour lui, la bienveillance n'était que faiblesse.

En fin de compte, il avait dû échouer, puisque Livia s'asseyait à côté de lui sans crainte aucune. Avant qu'elle ne lui parle, il n'avait aucune preuve que son père n'avait pas gagné la bataille qu'il menait contre l'âme de son fils…

Matteo cherchait à être un roi juste, un roi bon. Il ne comprenait pas le plaisir que son père avait trouvé à régner sur un pays dévasté par sa propre faute. Pourquoi choisir la terreur, plutôt que de présider aux destinées d'une nation florissante aux citoyens paisibles ? Pourquoi amasser tout l'or dans le palais ? N'était-il pas plus gratifiant de prendre soin de son peuple ? Matteo voulait être différent. Livia lui laissait entrevoir qu'il y avait peut-être en lui cette étincelle de bonté qu'il recherchait et il s'accrocha à cet espoir.

— Dites-moi, Sire, reprit-elle. Quand vous faites des cauchemars, à quoi rêvez-vous ?

— Ce ne sont pas des histoires à raconter aux enfants avant de les coucher…

— Ce n'est pas grave, nous n'allons pas nous coucher de sitôt et nous ne sommes plus des enfants. En ai-je jamais été une, d'ailleurs ?

— Je me pose la même question.

C'était étrange, car son frère et lui avaient été élevés par le même homme, mais, dès l'enfance, ils avaient été très différents. Javier avait souffert lorsqu'il avait compris quel monstre était leur père. Matteo, lui, l'avait toujours su. C'était pour cela qu'il avait préféré maintenir une distance avec son frère tant que celui-ci n'avait pas ouvert les yeux sur la vraie nature du roi. Et puis, un jour, Javier avait commencé à avoir des doutes sur les missions que lui confiait leur père. Dès lors, très vite, ses illusions avaient été dissipées.

Matteo, lui, ne s'était jamais fait d'illusions sur le roi. Mais il était l'héritier : peut-être était-ce pour cela que son père n'avait pris aucune précaution pour lui masquer sa vraie nature. Avec Javier, il s'y était pris autrement, s'appuyant sur son sens de l'honneur, lui mentant sur le but des missions armées qu'il lui demandait de mener à bien. Face à Matteo, il ne cherchait pas à mentir. Il voulait simplement faire de son aîné un être aussi vil que lui. Lorsque Matteo avait refusé de se soumettre, le roi avait usé de contraintes physiques pour le briser. Il était certain de pouvoir dresser son fils. Mais Matteo n'avait jamais cédé.

Souvent pourtant, il rêvait qu'il pliait devant son père.

— Je fais des rêves de faiblesse, dit-il.

— Faible, vous ?

— Oui. Il faut dire que j'ai subi… la torture.

Il se pencha pour lui montrer les estafilades faites au couteau sur sa poitrine. Puis il découvrit ses épaules, où persistaient les traces des coups de fouet.

— Je n'ai pas craqué, expliqua-t-il. J'ai tenu bon. Mais parfois, en rêve, je me vois hurler, céder. La pire des indignités…

— Je suis désolée pour vous…

— Vous n'avez pas à l'être. Je me suis endurci. Je suis roi, après tout.

— Mais vous êtes aussi un homme. Vos cicatrices me le prouvent.

— Et elles renforcent votre théorie selon laquelle les hommes sont viciés par nature !

— Oh ! Ils le sont, mais vous m'avez appris qu'ils pouvaient aussi être bons.

— Et si je n'étais bon que pour servir mes propres fins, de façon égoïste ?

Elle garda le silence un moment.

— Vous arrive-t-il de blesser les gens intentionnellement ?

— Non !

— Dans ce cas, peu importe alors le pourquoi de votre bonté. Moi, j'ai vécu égoïstement pendant longtemps, pour survivre, sans me poser de questions.

Il hocha la tête.

— Survivre… Voilà une notion que je connais.

— N'est-ce pas merveilleux de pouvoir enfin vivre au-delà de la simple survie ? C'est à vous que je dois cela…

Il se demanda comment elle faisait pour rester d'un optimisme aussi lumineux.

— J'avoue que je n'avais jamais vu les choses sous cet angle.

— Eh bien, moi, c'est tous les jours que je les regarde ainsi. C'est pour cela que je peux me préoccuper des petits détails, parce qu'il est merveilleux de s'intéresser à autre chose qu'à ne pas avoir faim.

— Vous rêvez encore de l'époque où vous aviez faim ?

— Oui… Et je trouve que ce n'est pas juste. Les rêves me poursuivent sans que je ne puisse rien y faire. Mais au moins, vous comme moi, nous pouvons nous endormir sans crainte du lendemain.

— C'est vrai.

Elle était bien sa souris, cette minuscule créature qui s'approchait sans peur du lion, la seule à lui dire les vérités qu'il avait besoin d'entendre, à lui suggérer ce qu'il fallait qu'il fasse. Personne ne lui avait jamais parlé aussi librement. Peut-être parce qu'elle avait vécu parmi les voyous des rues, Livia n'avait peur de rien, et elle seule était capable de le toucher. Et surtout, étonnamment, elle était la seule à le comprendre aussi bien. Le simple fait d'être là, assis à côté d'elle, faisait l'effet d'un baume. La regarder, à la fois si forte et si douce, était en soi une guérison. Elle appréciait la vie d'une manière différente de la sienne, elle restait placide face au danger, mais se tenait toujours en alerte. Elle lui démontrait qu'on pouvait survivre au pire des traumatismes. Il ne parviendrait sans doute jamais à penser comme elle, mais il voyait le grand mérite qu'elle avait : après avoir enduré les pires souffrances, elle restait en contact avec ses émotions et parvenait à nourrir de l'espoir.

C'était en cela qu'elle pouvait lui être utile. Elle serait le cœur qu'il n'avait pas.

Les lèvres pleines de Livia le ramenèrent au présent, à cet appartement parisien où elle s'était réfugiée. Sa bouche était douce, tendre, ardente aussi.

Oui, il l'avait toujours su, et il en était plus que jamais persuadé : Livia serait le cœur qui lui manquait, elle mettrait sa force de conviction au service du royaume.

Elle seule pouvait être sa reine et, s'il fallait qu'il la séduise pour parvenir à la convaincre, il n'hésiterait pas.

Il avait un corps qui plaisait aux femmes. Il n'en faisait pas un sujet de fierté, mais n'était pas non plus faussement humble à ce sujet. Pourquoi l'être quand on possédait de quoi faire plaisir à une femme ? Il prit Livia dans ses bras et déposa un baiser sur ses lèvres. Elle ne bougea pas, et il approfondit le baiser, qui devint de plus en plus intense, jusqu'à ce que, soudain, elle le repousse.

— À quoi joues-tu, Matteo ?

— Si tu dois être ma reine et me donner des héritiers, nous devons nous assurer que nous sommes compatibles, physiquement…

Ce baiser venait de lui faire prendre conscience de l'intensité du désir qu'il éprouvait pour elle et il en était surpris, choqué. Il ne s'attendait pas à une attirance aussi profonde et violente. Pas pour sa petite souris… Pourtant, il s'en rendait compte à présent, depuis qu'elle travaillait auprès de lui, Livia avait toujours su le toucher au plus profond. Elle avait toujours paru le connaître. Alors que se passerait-il dans un lit avec elle ? Les choses se feraient-elles naturellement, comme s'ils se connaissaient depuis toujours ? Le plaisir leur viendrait-il instantanément à tous les deux ?

— Tu veux utiliser le sexe pour me manipuler ? Qu'est-ce qui te fait croire que c'est une bonne idée de faire ça avec moi ?

— Peut-être que je ne cherche pas à te manipuler, Livia…

— Oh que si ! Tu n'es pas homme à accepter un refus. Si tu me poursuis comme ça, ce n'est pas parce que tu as envie de moi, mais parce que tu ne supportes pas que je te repousse.

— Ce n'est pas vrai !

— Si. Ne cherche pas à discuter avec moi. Tu sais, je me doutais que, tôt ou tard, tu me demanderais en mariage.

Matteo se figea à ces mots.

— Tu… Tu t'en doutais ?

— Bien sûr ! Du jour où tes fiançailles avec Violet ont été rompues, je savais que je serais la prochaine sur ta liste. Parce que c'était pratique, que je suis raisonnable et que cela te permettrait de jouir de tous les avantages que te procure notre relation professionnelle.

Il la regarda en secouant la tête, vaguement vexé.

— Je suis roi, nul ne devine mes pensées, murmura-t-il.

— C'est sans doute vrai pour les autres, mais moi, je lis très bien en toi. Je sais que, si tu es venu ici, à Paris, c'est juste pour avoir le dernier mot. Tu n'as pas supporté que je m'en aille et tu veux me faire revenir par pure fierté.

À ces mots, la colère rugit dans les veines de Matteo.

— On dirait que tu as oublié mon histoire, oublié qui je suis vraiment : cet homme qui n'a pas le choix, un homme qui doit gouverner et qui ne peut pas le faire avec son cœur, parce qu'il sait qu'un cœur est trompeur et plein de vices. Tu as oublié tout cela, n'est-ce pas ?

— Tu veux parler de la conversation nocturne que nous avons eue sur la torture ? fit-elle d'une voix calme. Comment aurais-je pu l'oublier ?

— Si tu t'en souviens, pourquoi me classes-tu aussi vite dans la catégorie des profiteurs qui se croient tout permis ? Je ne m'excuserai pas, Livia : je cherche à faire ce qui est le mieux pour mon pays et à limiter le danger que je représente pour mon peuple en mettant de côté ce qui me sert de cœur.

— Tu n'as jamais représenté un danger pour ton peuple.

— Si ! Tu ne sais rien de moi, Livia.

— Je sais que tu es arrogant jusque dans ton dégoût de toi-même. Et si imbu de ta personne que tu te crois capable de détruire le monde entier.

— N'oublie pas que j'ai grandi avec un monstre. La seule arrogance serait de penser que je ne peux pas le devenir à mon tour.

— Très bien, si tu as besoin de le croire…

— Dînons ensemble ce soir ! déclara-t-il tout à trac. J'imagine que tu ne dors pas ici pour le moment… Où habites-tu en attendant d'emménager ?

— Dans l'hôtel qui est en bas de la rue.

— Je le savais.

— Dans ce cas, pourquoi demander ? fit-elle, les sourcils froncés.

— Avec toi, je n'ai aucune chance, rétorqua-t-il en soupirant. Soit tu me trouves trop arrogant, soit je ne le suis pas assez…

— Je te plains du fond du cœur, lança-t-elle en se détournant.

— Dîne avec moi ce soir ! Je vais te faire livrer une tenue de soirée à ton hôtel.

Elle eut un sourire ironique.

— Ah bon ? Mais qui va s'occuper de faire cela pour toi, puisque je ne suis plus à ton service ?

— Je n'ai besoin de personne ! Je me débrouillerai très bien tout seul.

Sur ce, il lui décocha son premier vrai sourire de la soirée.

4.

Livia était encore sous le choc du baiser de Matteo quand on frappa à la porte de sa suite, dans le bel hôtel parisien où elle l'attendait. Elle n'avait eu que deux heures pour se remettre de sa visite. S'étendre dans le noir avec un sachet de lavande sur les yeux n'avait pas suffi à dissiper son trouble.

Jamais encore, on ne l'avait embrassée comme cela.

Tout ce qu'elle espérait, c'était que Matteo ne se soit pas rendu compte de l'effet que ce baiser avait produit sur elle.

S'il savait, elle en serait malade !

Se doutait-il qu'elle n'avait jamais eu de relations sexuelles ? Elle avait consacré toute sa vie d'adulte à le servir au palais et, avant cela, elle était trop occupée à simplement survivre.

Au moment où elle pouvait enfin espérer vivre pour elle, voilà qu'il refaisait irruption dans son existence ! De fort mauvaise humeur, elle alla ouvrir la porte. Matteo était sur le seuil, beau à damner un saint. Il avait renoncé au costume sobre et chic qu'il portait quelques heures plus tôt et n'avait plus qu'un pantalon et une chemise blanche, sans cravate, ouverte au col.

Elle l'avait vu nu une fois, la nuit où elle était entrée dans sa chambre après l'avoir entendu crier. Il avait sauté sur elle pour la maîtriser, avant de s'apercevoir que c'était elle. Il faisait sombre et Livia ne l'avait pas vu distinctement. Par la suite, au fil des ans, elle l'avait croisé en slip de bain, en short, plus ou moins habillé quand il déambulait dans ses appartements… Et elle ne s'y était jamais habituée.

Car il avait un corps incroyable…

C'était une arme de guerre perfectionnée dont la simple vue déclenchait une pulsation incontrôlée entre ses cuisses. Sans parler des cicatrices qu'il avait aux épaules et dans le dos. En outre, elle s'était découvert aussi plus d'affinités avec lui qu'avec n'importe qui. Mais il était roi ! Comment une fille comme elle pouvait-elle partager quoi que ce soit avec un roi ? En cet instant précis, elle se sentait comme une étrangère devant lui. Elle ne comprenait vraiment pas qu'il soit venu jusqu'à Paris pour elle. Ou plutôt, elle le comprenait trop bien : quand il voulait quelque chose, il ne supportait pas qu'on le lui refuse !

— Je t'ai acheté une robe, lança-t-il d'entrée de jeu.

Elle secoua la tête.

— J'en ai des dizaines.

C'était vrai, sauf qu'elle n'en avait emporté que deux avec elle, noires l'une comme l'autre.

— Je ne tiens pas à ce que tu portes ce qui te servait d'uniforme au palais. Il n'est plus question que tu te fondes dans le décor, Livia. Maintenant, tu sors avec moi. Tu n'es plus dans tes fonctions d'assistante.

Vu qu'elle lui avait remis sa démission, il était difficile de le contredire sur ce point, songea-t-elle.

— Pourquoi est-ce que tu tiens tant à m'inviter à dîner, Matteo ?

— Tu le sais très bien. Allez, prends cette robe et va te changer ! commanda-t-il en lui tendant le sac qu'il avait à la main.

— Tu es vraiment impossible…, dit-elle en soupirant.

Elle lui prit le sac des mains et fila dans la salle de bains. Quand elle l'ouvrit, elle eut un mouvement de recul : la robe était rouge vif. Elle hésita, indécise. Allait-elle porter une couleur aussi voyante ? Elle qui s'arrangeait toujours pour passer inaperçue ? D'un geste lent, elle sortit la robe du sac.

Le tissu était d'une incroyable fluidité… C'était de la soie. Elle glisserait sur sa peau comme une caresse.

Curieuse, elle enfila le vêtement et se regarda dans la glace. La forme était toute simple, un fourreau près du corps décolleté en V avec de fines bretelles. Interdite devant son reflet, elle se reprocha d'avoir essayé la robe. Elle aurait mieux fait de ne pas même ouvrir ce sac… Par jeu, elle ouvrit sa trousse de maquillage et en sortit un tube de rouge à lèvres qu'elle n'avait jamais utilisé, d'un beau carmin. Elle ne se maquillait pas, d'habitude. Elle habilla ses lèvres de rouge, mit un peu de poudre nacrée sur le visage. Avec ou sans maquillage, le miroir lui disait qu'elle était toujours Livia…

Emportée par son élan, elle décida qu'elle jouerait le jeu. Elle choisit de mettre ses lentilles de contact plutôt que ses lunettes, qui lui offraient une protection contre le reste du monde. Elle en avait souvent besoin, mais là, c'était une soirée qui sortirait de l'ordinaire. Une soirée où elle se jetterait à l'eau.

Son estomac se tordit alors qu'elle s'apprêtait à quitter la salle de bains. Elle jeta un dernier coup d'œil au miroir. Elle n'avait plus rien de la petite souris invisible qui servait d'assistante au roi. Soudain, elle se rappela douloureusement la journée où son sort avait basculé…

Cela faisait deux ans qu'elle travaillait au palais. Pour la première fois de sa vie, elle avait eu droit à une fête pour son anniversaire. Dans sa vie d'avant, elle ne prenait pas garde à ce jour particulier et, lorsque Mme Fernandez lui avait demandé sa date de naissance, elle avait dû se creuser la cervelle pour pouvoir lui répondre. Le jour dit, elle avait eu droit à un gâteau et à des cadeaux, et elle avait passé un moment merveilleux, entourée de ses nouveaux amis du palais.

C'était précisément ce jour-là que le roi Matteo avait demandé à la voir.

En apprenant cela, elle avait éprouvé une sensation bizarre

au creux du ventre. Elle était sûre, alors, d'être amoureuse de lui, et elle savait aussi que c'était une folie, bien sûr. Elle n'avait aucune chance de voir un jour ses sentiments déboucher sur une vraie relation. Pourtant, être amoureuse du roi lui donnait des ailes. Son Altesse avait demandé qu'elle le rejoigne dans le jardin sud du palais. Elle se félicita d'être bien habillée : elle sortait du dîner d'anniversaire. Avec ses économies, elle s'était offert une jolie robe rouge et elle espéra qu'il l'aimerait.

Elle n'était plus une petite fille, après tout. À dix-neuf ans, elle était devenue femme.

Depuis qu'elle se nourrissait normalement, elle n'avait plus sa maigreur du début, et ses nouvelles formes, elle en était consciente, lui allaient bien. Elle se pinça les joues pour y faire venir un peu de couleur et se dirigea vers le jardin indiqué. La soirée était chaude. Une belle soirée d'été. Une saison qu'elle détestait dans sa vie d'avant, mais qu'elle aimait bien maintenant.

— Ah, vous voilà. Minnie, petite souris !

Elle ne savait pas pourquoi il s'était mis à l'appeler ainsi. Le roi n'avait pas l'habitude de donner des surnoms aux domestiques, aussi se sentait-elle déjà un peu spéciale à ses yeux. Il était vrai qu'il lui portait une attention particulière, elle l'avait remarqué, de même que tous les membres du personnel. De plus, elle ne dormait pas dans les quartiers des domestiques : elle avait sa chambre au palais. Cela lui avait causé quelques problèmes au début, mais elle avait haussé les épaules et, à présent, plus personne ne l'ennuyait avec ça. Les autres domestiques avaient bien compris qu'elle n'était pas sa maîtresse. Elle ne voulait être la maîtresse de personne. Elle détestait l'idée d'être une fille entretenue.

— Vous m'avez demandée, Sire…

Elle attendit qu'il lui dise quelque chose sur sa robe, ou peut-être qu'il lui souhaite un bon anniversaire. Il ne fit ni l'un ni l'autre.

— J'ai une question à vous poser.

Voilà qu'il la vouvoyait à présent. Pourquoi avait-il renoncé au tutoiement des premiers moments ? se demanda-t-elle. Elle s'en réjouit : c'était beaucoup mieux ainsi.

— Une question bien particulière, reprit-il. Je voudrais vous demander…

La gorge de Livia se noua. Le roi se tenait debout devant elle, imposant sous la voûte noire du ciel. Un ciel sombre sous lequel elle avait longtemps dormi sans jamais en apprécier la beauté, trop effrayée par son immensité.

Depuis qu'elle connaissait Matteo, même le ciel semblait différent. Le roi incarnait cette dimension céleste tout en lui donnant un côté pragmatique qu'elle trouvait rassurant. Livia ne pouvait pas plus toucher le souverain que les étoiles du firmament, mais elle se sentait en sécurité auprès de lui. Elle pouvait se permettre de désirer.

— Oui, Votre Majesté ?

— Livia, je voudrais que vous soyez mon assistante.

Son cœur s'arrêta, puis reprit à toute vitesse.

— Moi ?

— Oui, je vous ai observée et j'apprécie votre souci du détail. D'ailleurs… Ce n'est pas seulement votre attention aux détails qui m'intéresse. J'ai décidé de m'entourer de gens qui ont une vision claire de la réalité. Vous, vous voyez les choses telles qu'elles sont. J'ai besoin d'une personne forte, capable de trancher, capable d'agir. Vous serez mon assistante et ma conseillère, en quelque sorte.

— Oh…

Elle n'en revenait pas. Cette proposition était incroyablement flatteuse… mais à des années-lumière de ce qu'elle avait secrètement espéré.

— Bien sûr, vous serez payée en conséquence.

Il cita un chiffre qui triplait le salaire qu'elle recevait déjà.

— Je ne comprends pas ce que j'ai pu faire pour mériter une telle faveur, murmura-t-elle, décontenancée.

— Rien ! Vous avez été vous-même.

Et c'était le compliment le plus merveilleux qu'on lui ait jamais adressé. Elle s'en saisit et le déposa tout au fond de son cœur, pour le chérir tout à loisir.

— Mais la première mission que je vous réserve ne sera pas plaisante, ajouta-t-il.

— Ah bon ? De quoi s'agira-t-il… ?

Elle n'avait aucune idée de ce qu'il entendait par là et trouvait cette entrée en matière plutôt déstabilisante.

— Je vais vous charger de trouver un cadeau d'adieu pour ma maîtresse actuelle. Il faudra le lui envoyer avec un petit mot. Quelque chose de gentil, mais de ferme.

— Vous voulez… que je rompe à votre place ?

— Ne soyez pas stupide, ce n'est pas une rupture, il n'y avait rien entre nous. C'est la simple conclusion d'une liaison parvenue à son terme. Sachez que je ne reste jamais avec une femme plus de quelques semaines. Si je m'attardais, nous deviendrions une sorte de couple officiel et je n'ai pas encore rencontré celle qui pourrait devenir mon épouse et la reine. Pour les rois, voyez-vous, un mariage n'est qu'un arrangement. D'ailleurs, le mien a déjà été arrangé.

À ces mots, les rêves de Livia se brisèrent. Le sentiment qu'elle chérissait en secret ne fut plus qu'une histoire un peu ridicule et sans importance. Elle fut capable de le comprendre, de l'accepter et de s'en moquer intérieurement.

— Cela paraît sensé, que tout soit réglé d'avance, dit-elle.

— Je m'en suis occupé moi-même, précisa Matteo. C'est un arrangement que j'ai conclu avec une femme d'affaires américaine.

— Je vois. Eh bien…

En cet instant, il lui fallait décider de son avenir. Elle avait le droit de ressentir de la tristesse, car cette entrevue n'était rien de ce qu'elle avait espéré. La robe de fête qui la rendait plus féminine n'avait aucune importance. Son anniversaire ? Le monarque l'avait oublié, si jamais il l'avait su. Il se marierait avec cette Américaine qui avait accepté l'« arrangement » dont il parlait. Livia pouvait s'en désoler… Ou saisir l'opportunité qu'il lui offrait et profiter de cette promotion inespérée…

— Très bien, j'accepte le poste, conclut-elle d'un ton ferme.

Le roi sourit et le cœur de Livia bondit dans sa poitrine. Elle ne surmonterait jamais ce qu'elle ressentait pour lui et, à présent, elle allait passer presque toutes ses journées avec lui…

— Parfait ! De toute façon, il n'était pas question que vous refusiez.

Oh oui, se dit-elle tandis qu'elle s'apprêtait à sortir de la salle de bains. Elle avait déjà été déçue par Matteo alors qu'elle portait une robe de cette même couleur… À l'époque, il ne la voyait que comme une domestique et ne doutait pas qu'elle accepterait de devenir son assistante personnelle. Qui aurait pu refuser une proposition pareille ?

Cette fois, elle lui tiendrait mieux tête. Ne l'avait-elle pas entièrement percé à jour ? Il avait perdu tout son mystère, toute son aura. Comme elle ne le vénérait plus, il ne pouvait plus la blesser. Et pourtant, voilà qu'elle se retrouvait habillée de rouge sous prétexte qu'il en avait décidé ainsi ! D'un geste brusque, elle ouvrit la porte de la salle de bains et marcha vers le salon avec la volonté de le défier.

— Est-ce que je recueille votre approbation, Majesté ?

La question était sarcastique, mais Livia lut dans ses yeux quelque chose qui n'avait rien à voir avec ce qu'elle y avait vu cette nuit-là dans le jardin sud, quand il lui avait demandé de devenir son assistante. Il y brillait une étincelle de… de passion ! Livia déglutit : un sourd désir venait de jaillir du fond de ses entrailles.

Il m'a embrassée…

Elle retrouvait l'embrasement des premières années, le sentiment qu'elle avait voulu croire éteint. Elle s'était trompée. Il était toujours là, plus puissant encore, puisque Matteo l'avait suivie jusqu'à Paris et qu'il l'avait embrassée. Au moins, cette fois, il lui demandait sa main. Seulement…

Seulement, elle n'était plus cette gamine qu'il avait sortie du ruisseau. Elle désirait cet homme, c'était incontestable, mais elle savait aussi que le roi, lui, n'était pas capable d'amour.

— Allons dîner, *querida* !

Pourquoi l'appelait-il ainsi, tout à coup ?

— N'emploie pas ce mot-là, s'il te plaît !

— Allons, c'est presque un titre que je te donne…

Elle secoua la tête, agacée.

— Appelle-moi Minnie. C'est tout ce que je suis pour toi.

— Ne crois-tu pas qu'il est temps de passer à autre chose ?

— Non. Parce qu'au moins, « Minnie », c'est honnête. C'est ainsi que tu me vois, c'est ce que je suis à tes yeux. Une minuscule créature que tu peux glisser dans ta poche et garder à ta disposition. Je ne suis pas ta *chérie*. Les amazones blondes avec qui tu te pavanes, elles, oui, ce sont tes *chéries*. Pour une nuit, ou deux, ou dix. J'aimerais que tu sois honnête avec moi, Matteo. Si tu cherches à me manipuler, je le saurai.

— Et alors ?

Une expression féroce passa sur le visage de Livia.

— Alors je te mordrai. À tout le moins.

Il fit un pas vers elle. Ses yeux brillaient d'une sombre intensité.

— Et si je te disais, Minnie, que cela ne me dérangerait pas tant que ça d'être mordu ?

— Ne me tente pas ! rétorqua-t-elle en faisant de son mieux pour affronter son regard sans ciller.

Oui, tous ces sentiments qu'elle avait éprouvés pour lui étaient toujours là, mais, au fil des années, elle avait appris à se protéger.

Elle savait tout de lui. Il pouvait afficher un sourire éclatant – c'était Livia elle-même qui lui en avait enseigné la nécessité – mais cela ne signifiait rien quant à ses sentiments profonds. Elle l'avait vu à l'œuvre. Il souriait à celles qui passaient dans sa vie et dans son lit. Mais jamais le sourire n'atteignait ses yeux. Car il n'avait pas de cœur, il le lui avait dit et elle ferait bien de s'en rappeler.

— Allons, *Minnie*, fit-il en mettant l'accent sur ce nom. Le dîner nous attend.

5.

Livia était resplendissante. Il s'était toujours douté qu'elle avait une beauté cachée, mais il avait soigneusement évité d'y penser. Livia était presque la même, à quelques détails près : ses cheveux dénoués lui retombaient sur les épaules, avec leur lot de mèches rebelles, elle n'avait plus de lunettes… Matteo se perdit un instant dans l'éclat violine de son regard.

Et cette bouche… Cette bouche lui posait problème depuis plusieurs années. Des images précises s'invitaient dans son esprit à l'évocation de ces lèvres pulpeuses, images que Livia n'aurait pas jugées appropriées : son rouge à lèvres imprimant sa marque aux endroits les plus intimes de son corps…

Il repoussa ces fantasmes et plaça la main dans le dos de la jeune femme.

— Viens ! dit-il. La voiture nous attend.

Il y avait un temps pour la séduction et ce temps n'était pas venu. Livia n'avait pas à savoir quel genre de dépravé il pouvait être. Un homme de sa trempe devait garder le cap sans trembler, sans révéler ses failles. C'était ce qu'attendait une femme comme Livia. Elle avait déjà assez souffert. Et puis, il l'avait placée sous sa protection. Raison de plus pour écarter toute relation éphémère avec elle.

Matteo aurait été incapable de se jouer de sa protégée. Pas après ce qu'ils avaient vécu. Il comptait lui offrir une couronne. Rien de moins.

Livia le suivit et il remarqua qu'elle ne semblait pas dans son assiette.

La voiture de sport qu'il avait fait acheminer depuis Monte Blanco les attendait devant l'hôtel. Livia y jeta un long regard avant de relever les yeux vers lui.

— Ce n'est pas notre moyen de transport habituel.

Lorsqu'ils voyageaient, ils le faisaient à bord de limousines avec chauffeur. Le bolide qui se trouvait là était réservé à ses sorties privées. Des sorties où il ne la conviait pas, bien entendu…

— Je me suis dit que ça pourrait te plaire.

— Hum, fit Livia.

— Hum ?

— Pourquoi crois-tu que ce genre de chose pourrait me plaire ?

Sans répondre, il l'entraîna jusqu'à la portière côté passager, qu'il ouvrit en grand pour elle, avant de faire le tour du bolide pour venir s'installer dans le siège conducteur. Le grondement nerveux du moteur emplit leurs oreilles dès qu'il mit le contact. Il appréciait ce son et la dopamine qui envahissait son corps tandis que la mécanique vibrait sous ses commandes. En tant que souverain, il ne pouvait se permettre de baisser sa garde et devait toujours garder le sens de sa fonction. Pourtant, au volant de sa voiture de sport, il n'y avait plus de roi. Seulement un homme, la femme qui l'accompagnait et la liberté de la route.

— Je me suis dit que ça pourrait te plaire, répéta-t-il, parce que je crois qu'au fond de toi, tu aimes la vitesse.

— Vraiment ?

— As-tu déjà conduit ce genre de voiture ?

Elle haussa un sourcil, sans doute pour lui signifier l'incongruité de la question.

— Tu te doutes bien que non.

— Alors fais-moi confiance !

Son pied enfonça l'accélérateur et il sentit Livia frémir. Il sourit. La vibration de la voiture était indéniablement sensuelle.

— Où allons-nous ? finit-elle par demander alors qu'ils laissaient derrière eux les lumières de la ville.

— Puisque nous sommes en France, autant profiter de la haute gastronomie. Paris déborde de toques étoilées, c'est vrai, mais je préfère quelque chose de discret. Je connais un restaurant à l'ouest de la ville, dans un château. J'ai fait ce qu'il fallait pour que nous y jouissions d'un peu d'intimité.

Autour d'eux, les aménagements urbains avaient laissé place à des forêts, des futaies traversées d'une lumière dorée et dont la vision, rendue floue par la vitesse, semblait un faisceau de stries d'or et de verts.

Matteo se concentra sur Livia. Alors qu'il passait brusquement la sixième, elle laissa échapper un son étouffé.

— Tu vois que tu aimes ça, observa-t-il.

— Ce n'est pas juste ! se récria-t-elle. Comment as-tu deviné que ça me ferait cet effet ?

— Parce que je vois bien que, malgré ta réserve, tu as le cœur d'une aventurière.

— J'ai dû lutter pour ma survie, Matteo. Ce genre de petits jeux ne me fait ni chaud ni froid.

— Je ne te crois pas. Tu n'es insensible ni au luxe ni au frisson de la vitesse. Pas autant que tu aimerais le laisser croire, en tout cas.

Livia sombra dans un silence boudeur, tandis qu'il se réjouissait intérieurement. Malgré toute l'application qu'elle mettait à le faire croire, Livia n'avait rien d'une pragmatique. Secrètement, elle rêvait. Elle désirait s'émanciper, connaître autre chose, vivre une vie meilleure. Elle avait pris confiance en elle avec les années et elle savait ce qu'elle voulait, désormais. Il la connaissait mieux que quiconque. Elle n'avait pas à prétendre le contraire.

Ils arrivèrent bientôt en vue du château, qui abritait le restaurant privatisé pour la soirée. Les clients de ce genre d'établissements étaient toujours triés sur le volet, mais l'équipe qui gérait le château avait malgré tout annulé leurs réservations afin de se plier au désir du roi. L'établissement servait une cuisine reconnue comme l'une des meilleures de France, ce qui n'était pas peu dire dans un pays où la gastronomie était un art à part entière.

Matteo confia les clés à un voiturier en gants blancs et fit le tour du véhicule pour ouvrir la portière à Livia. Personne d'autre n'avait jamais joui de ce privilège, songea-t-il, amusé. Il lui offrit son bras pour franchir les quelques marches qui menaient à l'imposant hall d'entrée, illuminé par de somptueux lustres à pampilles de cristal. Un couloir lambrissé les mena jusqu'à une salle carrée où une table était dressée pour deux.

— C'est magnifique, murmura Livia en promenant le regard autour de la pièce.

Elle réagissait sans cynisme, ce qui enchanta Matteo. L'incapacité momentanée de Livia à feindre le désintérêt était pour lui une belle victoire.

— Assieds-toi, je t'en prie, dit-il en tirant le siège prévu pour la jeune femme.

Il s'installa ensuite face à elle et quelque chose, dans le moment qu'ils étaient en train de vivre, raviva en lui un souvenir qui prit petit à petit toute la place, alors qu'on leur apportait un assortiment d'entrées qui avaient fait la réputation de la maison. Puis les serveurs se retirèrent, mais déjà Matteo ne les voyait plus, perdu dans ses souvenirs…

— Votre plus gros problème, disait Livia de l'autre côté du bureau, lui jetant un regard franc à travers ses lunettes rondes à monture dorée, c'est qu'au premier abord, vous donnez l'impression d'être froid et indifférent.

— La plupart des gens ne m'intéressent pas, avait-il confirmé en se renfonçant dans le siège de cuir de son bureau. D'où mon indifférence…

— Mais vous voulez préparer ce pays à l'ouverture, avait insisté Livia. Changer les choses, par rapport à la gouvernance de votre père. Si vous voulez réussir, il va falloir apprendre un nouveau langage : celui de la diplomatie… Il faut vous montrer sous votre meilleur jour.

— Je suis de sang royal. N'est-ce pas suffisant pour que les gens s'intéressent à ma personne ?

Livia avait levé les yeux au ciel. Comme s'il n'était ni son employeur ni son souverain.

— Il va falloir essayer d'être humain, Matteo.

— J'imagine que je le suis assez, puisque vous venez de m'appeler par mon prénom.

Les joues de la jeune femme s'étaient empourprées.

— Pardonnez-moi. Je me suis laissé emporter.

— C'est une habitude, apparemment. Vous passez votre temps à exiger des choses de moi. N'ai-je pas signé un contrat pour pouvoir en exiger de vous ? Par exemple, vous interdire de me sermonner ?

— Faites-moi confiance, c'est tout ce que je vous demande, avait-elle répliqué sans s'émouvoir. Dites-vous que mon avis vient précisément de ce peuple que vous voulez conquérir. Lorsque vous irez à la rencontre de vos sujets, il faudra vous montrer intéressé. Sourire. Écouter.

— Pardon ? Désolé, l'avait-il interrompue, je ne vous écoutais pas.

— Vous allez me rendre folle…

— Je vous taquinais. Je vous présente mes excuses, Je tâcherai d'être plus… civil, à l'avenir.

— Si vous voulez vous distinguer de votre père, avoir bon cœur ne suffira pas, avait subitement ajouté Livia.

Matteo avait senti un poids étrange lui tomber sur la poitrine.

— Je n'ai pas « bon cœur », avait-il corrigé avec une moue de dédain. Je n'ai pas de cœur du tout. J'ai compris que c'était le seul moyen de ne jamais se laisser corrompre.

— Vous m'avez sauvée de la misère. Vous n'êtes pas si mauvais que ça.

— Je n'ai pas dit que j'étais mauvais. Quand on n'a pas de

cœur, on ne peut pas s'éprendre du pouvoir. Et on ne peut pas non plus s'aimer au point que nos intérêts passent avant ceux du peuple. Exactement le contraire de ce que faisait mon père.

— Bon, admettons que vous n'ayez pas de cœur. Qu'est-ce qui vous motive, dans ce cas ? Qu'est-ce qui vous pousse à prendre les bonnes décisions ?

— Je sais d'expérience que ceux qui s'aveuglent d'orgueil détruisent tout ce qui les entoure.

— C'est votre intégrité qui parle. Il faudra savoir la mettre en avant. Vous êtes d'accord ?

Matteo avait incliné brièvement la tête.

— Il faut montrer au peuple que vous êtes un bon roi.

— Les gens meurent-ils de faim ? N'y a-t-il subitement plus de travail dans la région ? Mes sujets disparaissent-ils encore en pleine nuit, pour avoir chuchoté contre le pouvoir ? Ne suis-je pas en train de changer les choses ?

— C'est vrai. Mais les gens ont la mémoire courte. On oublie vite à quel point les choses ont pu être horribles dans ce pays, croyez-moi. J'ai dormi dans la rue et il m'arrive parfois de ne pas trouver le sommeil, aujourd'hui, pour peu qu'un malheureux coin du drap se défasse…

La vision de Livia étendue entre des draps blancs avait traversé Matteo et s'était répercutée au creux de son abdomen. Son assistante devenait plus belle de jour en jour. Elle était très différente des femmes qu'il séduisait d'habitude. Et s'essayer à séduire celle-ci… Mais il ne pouvait faire l'impasse sur les circonstances de leur rencontre. Comment les oublier ? De plus, il était sur le point de se marier. Ou du moins existait-il un arrangement : Violet King serait bientôt son épouse. Bien sûr, leurs sentiments respectifs n'entraient pas en jeu. Elle n'était qu'une ligne comptable avantageuse dans le grand livre de comptes de la trésorerie familiale.

Non, il n'aurait jamais pu toucher Livia. Splendide ou pas. Mais il était heureux de voir la manière dont elle s'épanouissait, et curieux de la suite. C'était impossible à nier.

— Apprenez-moi, alors, avait-il lancé. À m'intéresser…

— Très bien. Choisissez un sujet qui vous ennuie profondément.

— Ils sont si nombreux…

— Je vous en choisis un. Les passe-temps : n'est-ce pas merveilleux de s'occuper à ce qui nous plaît lorsqu'on a de l'argent et du temps libre ? Je viens de me mettre au point de croix et c'est fou ce que c'est apaisant…

Elle avait appuyé son propos d'un regard encourageant, bien insuffisant à lui rendre intéressant ce qui lui paraissait mortellement ennuyeux. Mais il y avait quelque chose de fascinant dans la manière dont les lèvres de Livia s'étaient arrondies lorsqu'elle avait prononcé les mots « point de croix ». Quelque chose dans ses yeux pétillants rendait ses paroles… indispensables. Une émotion l'étreignit.

— Et vous ? avait conclu Livia, juste à temps pour qu'il s'aperçoive qu'il n'avait rien écouté de la suite.

— Moi aussi, bien sûr, avait-il répondu au hasard.

— Vraiment ? Vous aussi, vous préférez le point de croix au point lancé quand vous brodez ?

— Je ne faisais qu'acquiescer.

— Vous n'écoutiez pas.

— Non, mais, à ma décharge, le sujet est soporifique.

Elle avait soupiré.

— Voilà exactement ce qu'il ne faut pas faire…

— Livia, l'avait-il interrompu avant qu'elle ne le sermonne. Je ne sous-estime pas votre implication dans ce projet, croyez-moi. Je vais essayer de progresser.

— Très bien. Tâchez d'être vigilant, la prochaine fois que votre esprit commencera à dériver.

Dans l'heure qui avait suivi, Matteo s'était forcé à l'écouter. Chaque fois qu'il sentait l'ennui poindre, il se rappelait l'importance du sujet aux yeux de son interlocutrice. Il y avait une leçon à tirer de tout cela pour la manière dont il s'adresserait désormais à ses sujets.

— Bien mieux, avait-elle fini par dire. Maintenant, à vous. Parlez-moi de quelque chose qui vous passionne.

— Le tir à l'arc ?

Livia n'avait pu s'empêcher de rire.

— Le tir à l'arc, pourquoi pas ? Qu'est-ce qui vous plaît, là-dedans ?

— J'aime entendre le sifflement de la flèche quand elle fend l'air, j'aime savoir qu'elle atteindra fatalement sa cible. Il y a quelque chose d'enivrant là-dedans.

— Vous êtes arrogant, peut-être, mais humain.

— Je ne suis pas vraiment humain. Ça ne fait pas partie de mes prérogatives royales.

— Ce qui compte, ce n'est pas ce que vous pensez, mais ce que le peuple pense de vous.

— Pourquoi ? Pourquoi est-ce si important à vos yeux ?

— Parce que je sais ce que c'est que d'être vulnérable, en situation de pauvreté. L'idée que quelqu'un de responsable et de consciencieux tient les rênes du pouvoir… Quelqu'un de bienveillant qui se préoccupe de votre sort et pourrait prendre soin de vous… Ça aide. Savoir que le nouveau roi a été capable de sortir une jeune fille de la rue pour lui offrir une nouvelle vie, tout cela m'aurait donné de l'espoir, même si je n'en avais pas bénéficié moi-même. Vous pensez que l'espoir, les émotions n'ont pas d'importance, mais c'est faux. Vous ne les ressentirez peut-être pas, mais si vous les montrez, cela pourra faire la différence pour les gens qui sont dans le besoin.

— Vous n'avez pas tout à fait tort, avait reconnu Matteo.

— C'est votre manière de me dire que j'ai raison ?

— Je n'irai pas aussi loin.

— Je m'en contenterai ! Ravie de voir que nous avons pu nous entendre.

— Je vais avoir besoin de vous pour le prochain événement auquel je dois participer. J'aimerais que vous notiez ma prestation et que vous me fassiez un retour. À vrai dire, il faudrait que vous soyez présente à chacune de mes sorties, désormais.

— Vous… Vous voulez que je vous donne une note ?

— Façon de parler ! Vos conseils me seront utiles.

— Si vous le pensez, alors c'est d'accord.

— Portez du noir. C'est la couleur de mon personnel, on ne vous remarquera pas.

L'écho des derniers mots de leur conversation résonnait encore dans l'esprit de Matteo. Il lui avait conseillé de se fondre dans le décor, ce qui était une véritable gageure pour une femme de sa trempe. On la repérait de loin. Même quand elle était sous la neige, recroquevillée dans son coin de porche, il l'avait remarquée !

Depuis leur conversation de ce soir-là, il lui était devenu très difficile de détacher ses yeux de Livia.

Et ce soir, dans ce château français, vêtue d'une robe qui lui donnait la beauté d'une déesse, elle mangeait un petit croustillant de légumes, les yeux pétillant de gourmandise.

— Tu n'es pas si mal que ça en ma compagnie, finalement, avança-t-il.

— Il est difficile d'être malheureuse lorsqu'on mange des mets aussi délicats…

— Vraiment ?

— Tu te souviens quand tu m'as dit que je pouvais me servir à ma guise dans le garde-manger du palais ?

Matteo sentit un sourire poindre à ses lèvres. Il se rappelait tous les détails de cette soirée. Leur première vraie conversation… Il était nu entre ses draps et buvait le café qu'elle lui avait porté. Elle était assise au bout de son lit.

— Manger à ma faim, jusqu'à la satiété, reprit-elle. C'était la première fois que…

Elle hésitait.

— Continue, l'encouragea-t-il.

Il ne savait rien de précis sur son passé, ni sur la manière dont elle s'était retrouvée à la rue. Ils avaient parlé de cet épisode, bien sûr, mais pas des années qui avaient précédé. Matteo s'était toujours douté que la période la plus douloureuse de la vie de Livia était celle sur laquelle elle se confiait le moins.

— Ma famille était…

— Tu m'avais dit que tu n'avais pas de famille ! Pas de nom de famille…

Livia secoua la tête.

— C'était le cas. À la rue, je n'avais pas de famille. Et les miens n'ont pas de nom de famille.

— Tu faisais partie de ces nomades qui vivent selon leurs coutumes ? demanda-t-il, surpris.

Elle hocha la tête.

Il y avait eu plusieurs mouvements de résistance au monde moderne à Monte Blanco. Certains préféraient poursuivre la vie qu'ils avaient toujours connue, à l'écart de tout progrès technologique, au sein de larges familles qui semblaient se gouverner seules. Le père de Matteo avait tout fait pour éradiquer ces groupuscules rebelles, trop indépendants à son goût. Ces gens vivaient de leur propre économie, ne demandaient rien à l'État, se moquaient bien de la richesse. Cela ne dérangeait pas Matteo, mais sous le règne de son père, ces traditionalistes avaient été persécutés.

— Tu ne m'en as jamais parlé, murmura-t-il.

— Je n'aime pas y penser. Qu'est-ce qui est plus important que la famille, pour ces gens-là ? C'est la famille qui les gouverne. On lui prête allégeance, plus encore qu'à un roi. Alors pourquoi ai-je été abandonnée ?

— Je comprends ton désarroi.

— Je sais qu'il n'y avait pas beaucoup de nourriture. On vivait d'échanges, on mangeait ce qu'on ramassait, un peu de cueillette, un peu de braconnages. On avait quelques animaux. Parfois on festoyait, parfois on restait plusieurs jours sans manger. Nous n'avions pas de réfrigérateur, ni quoi que ce soit de moderne. Mais c'était quand même mille fois mieux que le temps que j'ai passé à la rue. Donc, oui, j'aime vraiment manger à ma faim, conclut-elle avec un rire joyeux. Et j'adore ce petit croustillant !

— Ravi de pouvoir te satisfaire !

Il avait offert des diamants à des femmes moins reconnaissantes. Livia le remerciait pour de simples légumes ! Étrangement, cette attitude donnait envie à Matteo de lui offrir plus encore. Et s'il la couvrait de cadeaux ? Leur relation avait toujours été particulière. Il ne la considérait pas comme une employée au sens strict du terme. Par bien des façons, elle se rapprochait d'un rôle de conseiller. Tous les rois étaient flanqués d'éminences grises. Pour Matteo, Javier avait souvent rempli ce rôle, mais il appréciait aussi que Livia ne vienne pas du sérail. La perspective qu'elle lui ouvrait sur les sujets qu'il lui soumettait était radicalement différente et la réflexion de Matteo en bénéficiait.

Pourtant, on pouvait difficilement qualifier leur relation d'autre chose que de professionnelle. Ils n'avaient jamais dîné ensemble de cette manière, en tête à tête et dans un cadre luxueux et intime. Il n'avait non plus jamais choisi de robe pour elle avant ce jour… Leurs entretiens se déroulaient toujours dans son bureau, à l'exception notable de la soirée qu'ils étaient en train de vivre. Et des voyages diplomatiques.

— Pense à tout ce à quoi tu pourrais avoir accès, reprit Matteo. Ce serait un changement radical. Accepter le trône t'ouvrirait les portes d'un monde dont tu n'as pas idée, Livia.

— Tu crois vraiment que je suis sensible à l'attrait du pouvoir ?

— Pas du pouvoir. Je sais très bien que le pouvoir t'indiffère. Mais tu sais reconnaître une opportunité.

La suite du dîner fut aussi divine que le début. Ils prirent plaisir à simplement profiter l'un de l'autre, comparant leurs ressentis à chaque nouveau plat. Lorsque les derniers reliefs furent débarrassés, Matteo décida qu'il poursuivrait la soirée comme il l'avait fait avec toutes les femmes qu'il avait pu inviter par le passé.

— M'accorderas-tu cette danse ? demanda-t-il à Livia en se levant et lui offrant sa main.

Au loin dans le château résonnaient les accords d'une valse.

6.

Danser ? Livia n'en avait pas envie. Fallait-il qu'elle tombe un peu plus sous le charme de Matteo ? Depuis qu'elle s'était assise dans sa voiture de sport et qu'il avait fait rugir le moteur, elle s'était sentie fondre. C'était une faiblesse. Un problème.

Il avait raison. Elle aimait la vitesse sans en avoir jamais fait l'expérience. Matteo l'initiait à des choses qui lui plaisaient trop. C'était dangereux… Elle avait l'habitude de garder ses émotions pour elle, mais il lui avait été difficile de garder un masque impassible dans ce bolide. Le dîner avait été une autre merveille. Elle connaissait bien sûr le faste du palais de Monte Blanco et les prouesses de ses grands cuisiniers, mais c'était autre chose de se faire inviter dans un château, pour y être traitée en égale et régalée des meilleurs plats de la gastronomie française et peut-être du monde. Comme si elle se trouvait au même rang que les femmes splendides et raffinées que Matteo fréquentait…

Il demeurait pourtant entre eux un fossé infranchissable, que Matteo semblait refuser de voir. Il prêtait l'oreille à ses avis, certes, mais c'était à mettre au crédit du professionnalisme de Livia. Cela ne faisait pas d'elle son égale.

Il semblait oublier qu'elle était une fille des rues, des bois, même. Elle s'était enfin résolue à le lui rappeler, mais voilà que Matteo l'invitait à danser. Elle aurait dû refuser. Mais elle n'avait pas dansé avec lui depuis…

— Il faudra naturellement que vous appreniez à danser.

— Pourquoi ?

— Parce que nous ne sommes qu'au début d'une longue série de célébrations, Livia. Cette nation refleurit et la monarchie, à son instar, doit se parer de ses plus belles couleurs. Et puisqu'il vous faudra participer à chacun de ces événements…

— En coulisses…

— Peut-être, mais apprendre l'art de la danse reste indispensable. La valse fait partie des choses qu'on enseigne dans le grand monde.

Livia avait froncé les sourcils.

— Vous êtes en train de me dire que votre père a fait de la danse une priorité de votre éducation ?

— On considère que cette aptitude doit être assimilée, comme de nombreuses autres, lorsqu'on est de sang royal. C'était l'un des nombreux décrets de mon père.

Il avait laissé échapper un rire amer et Livia s'était sentie frissonner alors qu'il concluait :

— Entre deux persécutions…

— Je suis heureuse qu'il ne soit plus de ce monde, avait-elle murmuré. Sinon, j'aurais eu envie de le tuer moi-même.

Matteo avait ri à nouveau.

— Je n'en doute pas, petite souris ! Vous me semblez cacher une certaine férocité.

— Je n'aime pas l'injustice. J'ai baigné dedans.

— Malheureusement, il semblerait que ce soit une constante de nos deux vies.

— Malheureusement…, avait-elle répété.

— Allons, venez. Dansons.

Il lui tendait la main. Confuse, Livia avait jeté un regard alentour. Ils étaient en haut du donjon, dans le bureau…

— Il n'y a pas de musique.

— Nous n'en aurons pas besoin. La valse est basée sur un rythme ternaire simple, que l'on peut ressentir.

Sa main était toujours tendue et Livia y avait jeté un regard sceptique. Elle était méfiante, redoutant ce qui pourrait arriver si Matteo la touchait.

— Livia ! avait-il insisté.

Maudit soit-il… Elle avait rendu les armes et une décharge électrique s'était répandue en elle dès l'instant où leurs mains s'étaient touchées. Heureusement que Matteo l'avait rapprochée de lui ! Au moins, il n'avait pas vu le rouge qui lui montait aux joues.

— Comme cela, avait-il commencé en bougeant sur un rythme imaginaire. Un-deux-trois. Et nous recommençons.

À chaque mesure, le pied se déplaçait et les hanches accompagnaient le mouvement. Matteo avait entraîné Livia et elle s'était sentie voler au son d'une musique qu'ils étaient seuls à entendre. Elle avait été incapable de garder son visage baissé très longtemps. Il fallait qu'elle le voie. Lorsque leurs regards s'étaient rencontrés, il avait murmuré :

— Juste comme cela, voilà… Un-deux-trois… Un-deux-trois… Parfait !

— Ce n'est pas si difficile, avait-elle dit d'une voix tremblante.

— Cela dépend du partenaire, bien sûr. Tous les hommes n'ont pas mon talent à mener une valse.

— Quelle arrogance…

— Un-deux-trois… Bravo, petite souris !

Un plaisir coupable avait gonflé la poitrine de Livia. Elle n'était pas censée apprécier pareil commentaire, mais tout ce qui venait de Matteo la bouleversait. Jamais elle n'avait éprouvé de telles sensations en présence de quiconque. Quelle importance, de toute façon ? Leur relation était professionnelle. Il ne lui enseignait pas la valse pour qu'ils puissent danser ensemble, mais pour ne pas risquer qu'elle l'embarrasse lors d'une sortie en public.

— Un-deux-trois, continuait Matteo en la faisant tournoyer.

Décidément, Livia était une cause perdue. Subitement, elle s'était rendu compte qu'elle sentait le cœur de Matteo cogner contre sa poitrine. Aussi régulier que le rythme qu'il imprimait à leur danse. Tandis que le sien s'était emballé, affolé.

Il avait fallu quelques secondes à Livia pour s'apercevoir que leur valse avait pris fin. Tout tourbillonnait autour d'elle. Lorsqu'elle avait levé les yeux vers Matteo, c'était comme si un éclair avait déchiré l'atmosphère suffocante qui les enveloppait. Son cœur battait à tout rompre. Elle était incapable de parler. Incapable…

— C'est assez pour aujourd'hui, avait-il déclaré brusquement en se détournant.

— Oui, avait-elle acquiescé d'un murmure, pantelante et désorientée. C'est assez, je crois.

— On y va ?

— Je te suis.

Matteo saisit la main de Livia et la conduisit dans une grande salle où quelques couples dansaient déjà au son langoureux d'un petit orchestre. Une fois sur la piste, il la prit dans ses bras et elle se souvint de leur première danse. Elle ressentait la même décharge électrique, pressée contre le torse large et puissant de Matteo. Dans ses bras, l'envie était forte de s'abandonner et de tout oublier. Oublier sa demande en mariage et la raison pour laquelle elle avait fui à Paris. Oublier qu'il ne ressentait rien de ce qu'elle-même ressentait pour lui. Bon sang, pourquoi était-elle incapable d'accepter simplement ce qu'il lui proposait ? L'engagement, sans l'embarras des sentiments.

Livia sentit sa poitrine se creuser. Il ne fallait pas y penser. Elle se concentra sur le moment présent. Matteo dansait avec elle, elle portait une robe magnifique et la musique était envoûtante.

Pourquoi succombait-elle toujours, comme lorsqu'elle avait dix-neuf ans ? Elle connaissait cet homme par cœur, désormais. Une longue expérience à son service, à rire où serrer les dents à ses côtés. Comment pouvait-elle toujours s'enivrer à ce parfum de promesses et d'avenir radieux ? Elle devait se méfier. Elle s'était enfuie pour cette raison. Mais il était venu la chercher. Cela n'était pas prévu.

Elle serra les dents. N'aurait-elle pas pu s'en douter ? Une petite voix dans sa tête la gourmanda, moqueuse. *Tu savais qu'il te demanderait de l'épouser, mais pas qu'il te courrait après en cas de refus ?*

Et voilà qu'ils étaient réunis à nouveau, plus proches que jamais. Ne serait-il pas merveilleux de s'abandonner à cette étreinte ? N'y avait-il pas moyen de mettre l'angoisse en veille, rien qu'un instant ?

Elle pensait trop. Son esprit paniqué lui communiquait trop d'informations, sonnait comme une alarme pour l'empêcher de succomber au charme de Matteo. Mais, l'espace de quelques secondes, ne pouvait-elle simplement se laisser aller aux émotions ? Ne pouvait-elle pas être une femme, au creux des bras d'un homme désiré ? Pourquoi n'y aurait-elle pas droit ?

Autrement, il fallait partir. Refaire sa vie ailleurs. Aux États-Unis, pourquoi pas ? Elle aimait l'Amérique, New York ou le long ruban de côte californienne… Un jour, pour discuter un contrat, Matteo l'avait même emmenée dans un ranch perdu au milieu du Wyoming et elle s'était sentie enivrée par les grands espaces, le bleu infini du ciel.

Le monde lui était ouvert. Tout ça parce que Matteo lui avait un jour tendu la main. Mais elle ne vivait ni pour lui ni par procuration. Elle avait su s'occuper d'elle-même, panser ses plaies. Bien sûr qu'elle avait accepté son aide, mais le reste du travail, elle l'avait effectué seule. Seule à se battre pour elle-même, depuis que sa mère l'avait laissée au milieu de ce carnaval.

Alors pourquoi ne pas s'autoriser une petite incartade ? Une fantaisie… Pas la couronne de Matteo : son corps.

Elle n'était plus une petite fille. Elle n'avait rien d'une gamine aux yeux embués qui supplierait son roi de l'aimer. Bien sûr, elle restait impropre à porter la couronne. Ça n'était même pas une question de statut social. Ce qui était en jeu, c'était le respect de Matteo pour les convenances. Violet King, par exemple, ne détonnait pas dans une famille royale. Ni elle ni Matteo n'étaient romantiques, ils se seraient parfaitement accordés si Violet ne s'était pas éprise de Javier. Sous ses allures de froid militaire, Javier avait un cœur. Il avait mené des bataillons qui s'en étaient pris à son peuple à elle, mais Livia ne lui en voulait plus pour cela. C'était un homme ardent, consumé par sa recherche de vérité et, lorsqu'il avait enfin compris les mensonges dans lesquels il avait baigné, il avait eu le courage de se détourner de son père pour tracer son propre chemin. Il défendait ses choix nouveaux avec passion.

Matteo, quant à lui, était bien plus cérébral. Réservé, voire secret. Mais Livia ressentait pourtant la passion vibrer dans les paumes qui la tenaient serrée. Elle posa une main sur son torse et sentit battre son cœur.

— Tu es devenue une très bonne danseuse, lui souffla-t-il à l'oreille, la voix rauque.

— Tu n'avais pas encore eu l'occasion de le découvrir.

— Mis à part notre première leçon, non. Mais tu t'es toujours déplacée avec grâce.

— Des années à éviter les coups dans la rue, j'imagine.

— Ah, cela pourrait expliquer mes propres aptitudes. Des années à fuir la fureur de mon père.

Il était rare d'entendre Matteo parler de sa souffrance, et d'une voix aussi détachée encore. Livia connaissait son passé. Elle n'oubliait pas la nuit où elle l'avait surpris, se débattant contre ces cauchemars qui ne cessaient de le hanter. Mais ce n'était pas un sujet qu'on abordait, le matin venu. Et surtout pas sur une piste de danse…

— Peut-être, se contenta-t-elle d'acquiescer à mi-voix, troublée par le pouls qu'elle voyait battre à sa gorge.

— Nous ne sommes pas si différents, toi et moi.

La voix chaude et douce de Matteo l'enveloppait comme

une étole précieuse. Elle et un roi, pas si différents ? Parfois, elle se surprenait à penser que Matteo était, contre toute attente, le seul homme qui pourrait lui convenir.

Ce qui était une folie.

— Nous venons de mondes différents, Matteo, lui rappela-t-elle. De planètes opposées, même.

— Tu sais pertinemment que ce n'est pas vrai. De toute façon, les différences pèsent peu, puisque je pense que tu ferais une bonne reine.

— Eh bien, je te remercie de ta confiance. C'est… très flatteur.

— Ça ne te plaît pas ?

— C'est inhabituel de ta part, la flatterie.

— Ce n'est pas non plus dans tes habitudes, petite souris. Tu vois que nous nous ressemblons…

Livia renifla.

— Je ne suis pas là pour te flatter.

— C'est vrai, acquiesça-t-il. Même si, paradoxalement, c'est à tes côtés que j'ai appris à flatter. Tu te souviens ? Quand tu m'enseignais comment me comporter en être humain aux yeux de mon peuple.

Elle hocha la tête et Matteo demanda encore.

— Toi aussi, tu as dû apprendre à être humaine ?

— J'ai appris à l'oublier, au contraire, à ne pas me soucier de ceux que je blessais en me défendant. À ne pas culpabiliser en volant du pain à ceux qui avaient beaucoup alors que je n'avais rien. J'ai désappris l'humanité, jusqu'à mon arrivée au palais. Et puis ça m'est revenu, peu à peu.

— Voilà une différence entre nous, conclut-il.

Ils dansèrent encore quelques instants en silence, puis Matteo demanda :

— Quand as-tu quitté ta famille ?

Le sujet n'avait jamais été abordé entre eux. Quelques allusions, au fil de leur collaboration, mais rien de plus.

— Je n'ai pas quitté ma famille, c'est ma famille qui m'a

abandonnée, corrigea fermement Livia. J'avais dix ans. J'étais heureuse. Je me croyais aimée, en sécurité. Ce n'étaient que des faux-semblants, mais à mon âge, je ne pouvais pas le deviner. J'ai connu la chaleur du groupe, de la communauté. Tu n'as pas connu cela, toi, si ?

C'était à elle d'empiéter sur un terrain intime désormais. Elle ne serait pas la seule à se livrer. Un léger tressaillement parcourut les muscles de Matteo.

— Pas avant la mort de mon père, non. Et même après, ce n'était pas tant la sensation d'être entouré que de pouvoir regagner un peu de contrôle sur ma vie et sur mon environnement. Sur ceux de mes sujets, aussi.

Le cœur de Livia se serra. L'homme qui la tenait dans ses bras avait dû apprendre à s'intéresser aux autres, comme un enfant qui expérimente le contact de ses semblables au milieu d'une cour d'école. Et c'était elle qui avait dû le lui enseigner. Personne avant elle ne lui avait jamais parlé d'empathie.

— Il a fallu que tu montres aux autres un intérêt que jamais on ne t'avait témoigné, commenta-t-elle en se rapprochant de lui sans s'en rendre compte. C'est très louable d'y être parvenu.

— Je ne l'ai pas fait pour les compliments. Je voulais me comporter décemment, c'est tout.

— Beaucoup à ta place auraient refusé de s'ouvrir. Pas toi.

Ils virevoltèrent encore, en silence cette fois, et cette fois, Livia s'abandonna. Matteo avait de l'empathie et des sentiments, songeait-elle. Il en éprouvait pour l'une des seules personnes qui s'étaient réellement souciées de lui, ces dernières années. Celle qu'il tenait contre lui…

Il avait érigé des barrières protectrices autour de son cœur. Livia comprenait cela. Mais elle entendait l'organe battre derrière les hautes palissades.

Ne t'inflige pas cela, souffla la petite voix de sa conscience. *Tu es venue à Paris pour une raison précise. Tu le fuyais, Livia, rappelle-toi.*

Refusant d'écouter, elle se rapprocha encore de lui, contre

toute prudence, se dressa sur la pointe des pieds pour lui déposer un baiser sur les lèvres, des lèvres dont elle avait longtemps rêvé…

Matteo inclina le visage et lui entrouvrit la bouche de sa langue.

Le cœur de Livia cognait de plus en plus fort dans sa poitrine et elle pouvait même sentir son pouls battre à sa gorge.

Matteo.

Elle ne prononça pas ce nom à haute voix. Mais évoqué en pensées, il l'emplit comme une prière, une promesse qui se répercuta en écho dans les moindres recoins de son âme. C'était comme si la pièce autour d'eux s'était subitement évanouie, danseurs compris, pour laisser place à la seule chose qui comptait : l'instant présent.

Ne te laisse pas séduire, Livia. Il faut que tu te souviennes. Souviens-toi !

— Mon frère m'informe qu'il nous amène Violet King.

— Ah ?

Livia savait exactement qui était Violet King. La nouvelle star des cosmétiques dirigeait un empire commercial présent dans les pays les plus riches du globe.

— Oui. C'est ma fiancée.

— Pardon ?

— C'est ma promise. Depuis un bon moment. Violet King.

Livia avait failli en rester muette de stupeur.

— Violet King… est votre fiancée ?

Elle était plus jeune que Livia. C'était… insultant. *Tout ça parce qu'elle est milliardaire… Et toi, tu n'es que…*

Livia n'était qu'un rat d'égout, trouvé au hasard d'une rue. Indigne de baiser les pieds de Matteo, et encore moins le reste de son corps… Les fantasmes qu'elle n'était jamais parvenue à museler étaient insensés. Matteo n'était pas pour elle. Pourtant, il n'était pas difficile de les prendre pour un couple. Un couple sans contact physique, mais qui partageait une intimité quotidienne. Personne ne connaissait Matteo comme elle. Elle le voyait le matin, avant les autres, et elle était la dernière à le saluer avant qu'il aille se coucher. Parfois elle le voyait même après. Pieds nus, ce qui était une chose particulièrement intime lorsqu'on était roi… Un roi qu'elle avait vu maintes fois déambuler torse nu dans sa chambre, les cheveux en bataille, chacun de ses muscles roulant dans le mouvement initié par ses hanches…

Elle l'avait même vu se brosser les dents, alors… Lui qui semblait si éloigné des préoccupations des pauvres humains…

Violet King, elle, ne l'avait jamais vu se brosser les dents. Livia n'avait peut-être jamais embrassé Matteo, mais n'était-elle pas celle qui le connaissait le mieux ? N'y avait-il pas là une flagrante injustice ? Une pimbêche de la haute société, d'à peine vingt et un ans ? Oui, bien sûr, à la tête d'un empire du maquillage… Mais pimbêche quand même. Livia avait droit à l'amertume, après tout. Elle pouvait se laisser aller à la déception.

Tu savais que ça allait arriver. Tu l'as toujours su.

Matteo n'avait jamais caché le fait qu'il était destiné à une autre. Pourquoi cela prenait-il tant d'importance que celle-ci soit américaine, jeune et riche ?

Parce qu'il est à toi et parce qu'il s'agit de votre pays. Ce n'est même pas le lieu de naissance de Violet. Elle n'a aucun respect, aucune loyauté pour le trône et la couronne. Pas comme toi.

Pire encore, pire que tout : Violet n'aimait pas Matteo. Pas comme Livia l'aimait. C'était impossible.

Tu es stupide. Il ne t'aime pas et n'a jamais caché qu'il ne s'intéressait à toi que pour le travail. Il ne t'a jamais aimée, n'en a jamais montré le moindre signe. Il ne t'a même jamais touchée, à part cette fois où il t'a appris à danser.

— Quand sera-t-elle des nôtres ? avait demandé Livia, feignant d'être occupée par les papiers qui jonchaient le bureau.

Mais sa vision était brouillée par les larmes.

— Bientôt, j'imagine. Javier a dit qu'elle n'était pas… tout à fait, euh… disposée à m'épouser.

— Comment cela ?

— Oui, il semblerait qu'elle n'ait découvert que récemment ce projet de mariage. Par la faute de son père…

— Il ne lui en avait pas parlé ? Et elle vient ici quand même ?

— Javier l'amène.

— Contre son gré ?

Matteo toussota.

— Euh… Pas que je sache.

— Je crois que vous mentez, fit calmement Livia.

— Sa volonté n'est pas de mon ressort.

Livia s'opposait rarement à Matteo. Elle le défiait parfois, mais ne criait jamais. Il était son roi, après tout, et les cris ne faisaient pas partie de l'étiquette. Pourtant, ce soir-là, elle s'était sentie sur le point d'exploser.

— Vous arrachez cette pauvre jeune fille à son foyer, à son pays, pour la traîner jusqu'ici ?

— N'ai-je pas fait la même chose avec vous ?

La remarque lui avait fait l'effet d'une gifle.

— Non. Vous m'avez engagée comme domestique. Je n'avais rien et vous m'avez donné les moyens de m'en sortir. Comme vous les avez donnés à votre peuple en refusant l'héritage de votre père. Les gens de Monte Blanco sont aux commandes de leur destin, désormais, libérés de leur joug. Violet est une femme libre, elle aussi, milliardaire qui plus est. Elle ne vous appartient pas. Pourquoi voulez-vous l'arracher à tout ce qu'elle connaît ?

— Elle m'a été promise par son père.

— Nous ne sommes plus au XIIe siècle, Matteo. N'a-t-elle pas son mot à dire ?

Livia songea qu'en défendant Violet, elle prêchait surtout pour elle-même…

— Vous vous en moquez, n'est-ce pas ? reprit-elle avec

véhémence. Chacun de ceux qui gravitent autour de vous a un rôle assigné et vous n'allez pas chercher plus loin. Ça ne vous dérange pas que la future reine n'ait pas eu, jusqu'à hier, la moindre idée du destin qui l'attendait et qu'elle n'ait pas le choix. Vous ne la connaissez pas, cela rend les choses faciles. Vous lui attribuerez un rôle, elle s'exécutera…

— Elle est appréciée, connue dans le monde entier. J'ai vu des photographies. Elle est très moderne et son image servira à réhabiliter celle de Monte Blanco…

— Enlever une Américaine ne redorera pas l'image de notre pays, Matteo. Ni la vôtre, d'ailleurs. Moi qui croyais avoir servi à quelque chose, vous avoir enseigné un peu plus qu'à sourire en public… Je pensais que vous aviez appris à ressentir. Mais vous ne ressentez rien, n'est-ce pas ? Vous n'êtes qu'un monstre !

— Je n'ai jamais prétendu autre chose, avait grondé Matteo en lui saisissant vivement le poignet. La seule chose que j'aie dite, c'est que je ferai de mon mieux pour ne pas reproduire le mal que mon père a causé. Vous savez pourquoi.

— Oui, je suis au courant. Je sais tout de vos cicatrices, Matteo, vous me les avez montrées. Mais quelle importance, puisque vous ne tenez visiblement pas à guérir ?

— Les cicatrices ne guériront pas.

Du doigt, Matteo avait indiqué son crâne en ajoutant :

— La douleur reste, là-haut. Et là-dedans.

Il désignait maintenant son torse.

Livia savait qu'il pointait l'exact endroit où l'on voyait les lacérations infligées par son père, mais elle s'était demandé s'il ne faisait pas référence à un endroit plus profond, en fait. Ce qu'il n'aurait jamais admis, hélas…

— Je suis ce que cet homme a fait de moi, reprenait Matteo. Croyez-vous que cela me plaise ? Pourquoi pensez-vous que je vous consulte ?

Bien sûr qu'elle compatissait ! Mais cela ne changeait rien. Tout ce qu'elle avait fait pour lui ne l'avait pas guéri.

Peut-être en demandait-elle trop. Peut-être n'était-il pas prêt pour une telle rédemption.

— Cela vous fait souffrir d'être à ce point humain, n'est-ce pas ? avait-elle demandé. Vous aimeriez être immortel. Mais c'est impossible. Vous n'êtes qu'un homme. Il faut vous contenter de ce que vous êtes, comme nous tous.

— Il devrait pouvoir en être autrement.

Guidé par sa recherche éperdue de perfection, Matteo était impossible à aider. Toutefois, abandonner cette quête le laisserait nu, vulnérable, sans but. Et cela, Livia ne le voulait pour rien au monde.

Mais en fait, pourquoi, pourquoi s'en souciait-elle ?

Parce que tu voulais croire que tu l'avais réparé, avait persiflé la petite voix dans sa tête. *Tu t'estimais spéciale. Mais aux yeux du roi, c'est Violet King qui est spéciale.*

— C'est ainsi, même si c'est injuste ! s'était-elle écriée. Rien n'est juste dans ce monde, jamais ! Vous êtes le seul à pouvoir y faire quelque chose, au moins en ce qui concerne votre pays…

— Justement, Violet est un bon choix pour Monte Blanco. C'est ma seule motivation pour l'épouser, c'est cela seulement qui commande ma décision de suivre ce qui a été organisé avant moi.

— Vous êtes ignoble…

— Je ne vous ai jamais contredit sur ce point.

— Je crois que je vous déteste, avait murmuré Livia.

— Navré de l'apprendre. J'aurais préféré qu'il en soit autrement. Mais ça ne changera rien à ma décision.

— Vous êtes le roi. Vous pourriez faire tout et son contraire sans que personne ne vienne s'y opposer. Et surtout pas Violet…

— Violet apprendra. Elle s'y fera.

Mais elle, Livia ? Guérirait-elle un jour ? Pas seulement d'avoir appris qu'il allait se marier, mais d'avoir eu cette conscience glaçante du vide qui habitait le cœur de Matteo ? Probablement pas.

Elle aurait aimé que cela porte un coup fatal aux sentiments qu'elle avait pour lui. Que pourrisse l'amour qu'elle lui portait. Naturellement, il n'en avait rien été.

Livia mit fin à leur baiser et recula d'un pas. Se souvenir de tout cela avait porté ses fruits. Elle ne pouvait épouser Matteo, même si ses sentiments pour lui étaient toujours aussi forts. Même si elle ressentait du désir. Elle n'avait plus qu'à l'assumer.

— Ramène-moi à mon hôtel, murmura-t-elle, les joues en feu.

— Si c'est ce que tu veux… J'espère que tu es vraiment sûre de toi.

— Certaine, affirma-t-elle.

— Très bien. Alors allons-y !

Ils quittèrent la piste de danse. Avait-il prévu un tel dénouement pour cette soirée ? De toute façon, Livia s'en moquait. Elle n'aurait pas à assumer les conséquences de ce qu'elle s'était apprêtée à faire. C'était un au revoir, même si Matteo ne s'en doutait pas encore.

— Certaine, répéta-t-elle, plus pour elle-même que pour lui.

Matteo plaça une main au creux de son dos et la guida vers la nuit tombante.

7.

Le désir enflammait les veines de Matteo tandis que la voiture regagnait Paris. Sa suite les attendait. Ce que Livia ne savait pas, c'est qu'ils étaient descendus dans le même hôtel. Un hôtel qu'il avait choisi en connaissance de cause. Il avait ensuite demandé que, durant leur absence, toutes les affaires de Livia soient apportées dans la suite qu'il avait réservée pour lui. Le personnel avait reçu ses ordres et obéi sans discuter. Matteo était roi, après tout.

Il avait senti chez Livia un désir d'une férocité qui l'avait presque effrayé. Avec une rapidité déconcertante, elle était passée de la froideur à l'excitation. Un repas délicat accompagné d'une danse suffisait à la faire plier ? Il s'en moquait, de toute façon, le résultat était là. Livia était une femme comme les autres, à qui l'on venait d'offrir argent et pouvoir. Sans parler du titre. Depuis le début, Matteo était convaincu que la perspective de faire le bien autour d'elle l'emporterait. Mais elle lui avait résisté…

Sur le chapitre charnel, toutefois, elle n'avait pas attendu longtemps avant de céder. Sa petite souris était humaine et il y avait quelque chose de décevant à s'en rendre compte. Pourquoi se laissait-elle séduire avec autant de facilité ?

Bien sûr, il y avait cette étrange alchimie qui existait entre eux, indéniable. Un lien les unissait, malgré les efforts constants de Matteo pour le nier. Il lui avait été difficile de rester de marbre…

À l'époque de ses fiançailles avec Violet, Matteo comptait

rester fidèle une fois marié. Violet, de son côté, n'avait pas attendu pour manquer de loyauté. Elle était tombée amoureuse de son frère ! Toutefois, c'était avant de prêter serment. Et Javier l'avait purement et simplement enlevée !

Lorsqu'il avait appris la relation entre son frère et sa promise, Matteo avait soudain constaté que cela ne lui faisait ni chaud ni froid. Javier rêvait d'épouser Violet, soit ! Matteo ne pouvait s'en prendre qu'à lui-même de toute façon si les fiançailles ne débouchaient pas sur un mariage royal : n'avait-il pas délaissé Violet au profit de Livia ? Il y avait eu ce sommet international auquel il aurait dû assister avec sa fiancée. Cependant, Violet lui avait paru tellement peu enthousiaste qu'il avait préféré y aller avec Livia. D'ailleurs, depuis qu'elle était au palais, la future reine se montrait singulièrement peu satisfaite de son sort. Il fallait dire qu'ils avaient à peine eu le temps d'échanger deux mots. Cette amertume qu'elle manifestait aurait à coup sûr compromis le résultat du sommet.

Alors il avait choisi Livia, qui était pourtant furieuse contre lui, glaciale même, depuis qu'il lui avait parlé de Violet King.

— Quand comptez-vous cesser de faire cette tête d'enterrement ? avait-il demandé alors qu'ils se préparaient à partir pour le sommet.

— Pas dans un futur proche, avait grondé Livia. Et je crains que vos équipes vous respectent moins s'ils voient à quel point je vous méprise.

Livia était assise sur le bord de son bureau, visiblement indignée, droite comme un i. Elle avait l'air d'une sainte, bien loin des préoccupations du commun des mortels, de leurs failles et de leurs défauts.

— Comme c'est gentil de penser au respect qu'on me porte, avait ironisé Matteo. J'ai des alliances politiques à former ce soir et ça m'ennuierait que mon assistante me jette des regards assassins en public.

— Pourquoi vous embarrasser de ma présence, dans ce cas ?

— Vous savez que j'ai besoin de vous sur place.

— Je vois. Et vous comptez continuer à me faire jouer le même rôle, une fois que vous aurez épousé Violet ?

— Je ne vois pas bien le rapport entre une assistante personnelle et une reine. Vous resterez à votre poste, bien sûr.

— Donc la future reine sera simplement décorative. Elle ne vous conseillera pas ?

— Mais bien sûr que non, voyons ! Elle est tout juste débarquée de son Amérique. Que connaît-elle à la politique de notre pays ? Que sait-elle de Monte Blanco ?

— Alors quel intérêt de l'avoir à vos côtés ?

— Nous formerons un beau couple. L'image sera belle.

Il avait secoué la tête, avant d'ajouter :

— Honnêtement, Livia, c'est vous qui m'avez appris l'importance de ce que voient les gens. Vous devriez vous réjouir que j'applique si bien vos recommandations.

— J'en suis loin. Je ne prends aucun plaisir à vous voir vous comporter comme un barbare de l'époque romaine.

— Vous ne faites pas preuve de constance dans votre raisonnement, je trouve…

Il s'était planté face à elle, attendant une réaction de sa part.

— Quoi ? avait-elle fini par demander avec impatience.

— Ma cravate !

— Vous savez très bien la nouer tout seul.

— Vous le faites mieux que moi.

Elle lui avait décoché un regard furibond derrière ses lunettes rondes à monture dorée. Un choix étrange, avait-il toujours pensé. Comme si elle voulait proclamer haut et fort son statut d'intellectuelle… Livia était sublime, de toute façon, malgré le soin qu'elle portait à dissimuler sa beauté derrière ce genre d'accessoires. Matteo trouvait les lunettes charmantes, à vrai dire, mais il aurait préféré perdre son trône plutôt que de le lui confesser !

Elle était belle même lorsqu'elle était furieuse.

— Vous êtes un salaud, avait-elle grommelé en s'attelant à nouer la cravate.

— Cela ne vous empêche pas de rester à mes côtés, apparemment.

— C'est vrai. Voyez cela comme un service rendu à mon pays. Sans moi, cette nation se serait déjà effondrée.

— Heureusement que vous êtes là, alors… Ça n'est pas un peu arrogant de votre part, comme position ?

— Qui vous dit le contraire ?

Livia avait pivoté sur ses talons et quitté son champ de vision, pour revenir quelques minutes plus tard, un petit sac à la main, égale à elle-même, les cheveux noués en un chignon strict, le visage pratiquement dénué de maquillage. Elle portait son uniforme habituel, une robe noire, mais celle-ci semblait mettre ses formes plus en valeur que d'ordinaire. Ce n'était ni vulgaire ni tape-à-l'œil. Livia mettait un soin particulier à ne jamais sortir du rang. Cela n'aurait pourtant pas dérangé Matteo. Elle était assez expérimentée et intelligente pour se démarquer intellectuellement, mais elle restait d'une discrétion exemplaire.

Peut-être était-ce la colère, ce soir-là, qui la sublimait. Livia était la seule à s'opposer frontalement à lui, en dehors de Javier, qui le faisait en de rares occasions. Mais ce dernier était prince.

C'était probablement l'audace de la jeune femme qui touchait le plus Matteo. Il pouvait s'attendre à ce que Javier se fâche contre lui, parfois, mais sa propre assistante ? C'était chez elle une charmante habitude, qu'il considérait d'un œil indulgent.

Alors pourquoi le charmait-elle beaucoup moins en cet instant ? Ah, oui : parce qu'elle se montrait odieuse. Et l'avait traité de tous les noms !

— Allons-nous-en ! avait-elle lancé.

Ils avaient descendu l'escalier jusqu'à la limousine et Livia s'était installée, les pans de sa robe étalés autour d'elle comme une fleur ouverte sur le cuir, dévoilant ses longues jambes pâles. Charmantes, elles aussi. Cela fait déjà quelque temps que Matteo s'interdisait de les remarquer.

Il l'avait regardée, avait détaillé son profil, son nez retroussé, ses lèvres pleines et roses, son menton dressé dans une constante posture de défi. La ligne de son cou… La délicatesse de ses traits aurait fait pâlir d'envie nombre de femmes de la haute société.

— Vous êtes vraiment belle, avait-il déclaré tout à coup.

Livia s'était retournée vers lui, le regard meurtrier.

— Vous vous essayez à la flagornerie, maintenant ?

— Ce n'est pas mon genre, vous devriez le savoir.

— Oh ! Je le sais bien. Mais je trouve que, ces derniers temps, vous avez tendance à vous écarter du chemin tracé.

— Je ne cherche pas à obtenir quoi que ce soit de vous, et encore moins à vous manipuler, Livia. Je vous trouve belle, c'est tout. C'était une simple remarque.

Les joues de la jeune femme avaient rosi et elle avait détourné le regard.

— Je dois m'estimer chanceuse, c'est ça ?

— J'imagine que, quelle que soit la couleur de votre robe, vous attirez les regards de nombreux hommes quand vous m'accompagnez, même quand vous restez en coulisses.

— Je ne le pense pas, mais ça ne changerait rien si c'était le cas. Je travaille, de toute façon.

— Oui, vous travaillez. Tout le temps. C'est un peu votre marque de fabrique.

— Vous êtes mon patron, vous devez le savoir.

Arrivée à destination, la limousine venait de s'immobiliser. Alors qu'ils en descendaient, Matteo avait retenu Livia par le bras.

— J'aimerais que vous restiez auprès de moi au sommet de ce soir.

— Je ne reste jamais à vos côtés, vous le savez. Nous n'arrivons pas ensemble. Je vous rejoins par l'arrière.

— Vous ne passerez pas par l'entrée du personnel, ce soir, avait-il tranché. Habituez-vous à cette idée !

— Ça n'est pas ce qui a été décidé.

— C'est moi qui décide. Vous organisez autant que vous voulez, vous planifiez, vous gérez, mais la décision finale m'appartient. Je suggère que vous trouviez un moyen de vous y faire.

— Malheureusement, je…

Elle n'avait pu poursuivre. Ils arrivaient devant l'entrée du Grand Hôtel et le professionnalisme de Livia avait repris le dessus. Elle s'était tue et avait souri. Comme d'habitude. Elle ne plaisantait pas avec le travail, assistante parfaite doublée d'une conseillère hors pair. Cela avait toujours été le cas. Parfois, Matteo se demandait comment il avait pu s'organiser sans elle avant son arrivée à son bureau. À vrai dire, il n'aimait pas penser à l'époque où elle n'était pas là. Même en colère, Livia lui était indispensable. Elle bouillait de rage en cet instant, mais elle n'en montrait rien.

— Parfait. Exactement comme vous me l'avez appris, lui avait-il glissé à l'oreille.

Elle avait tourné le visage vers lui, à peine à quelques millimètres du sien.

— Pardon ?

— Vous souriez. Même si vous n'en avez pas envie.

Livia avait relevé le menton. La colère affleurait sous son masque aimable et il était le seul à le savoir. Tout ce que verraient les autres, c'était une très jolie femme en train de s'adresser au roi en souriant. Comme fascinée…

— Attention à votre expression, avait-il ajouté. Le public la prend peut-être pour de l'adoration…

— C'est tout l'inverse, avait-elle maugréé entre ses dents.

— Je ne vous parle que de la perception qu'en auront les autres…

— Vous et votre maudite perception, allez au diable !

— C'est la vôtre, Livia, techniquement. C'est vous qui m'avez parlé de l'importance de la perception…

Déjà, ils avaient pénétré dans la grande salle et le majordome avait annoncé le roi à voix haute, honneur réservé aux personnalités de haut rang. Bien sûr, le nom de Livia n'avait pas été prononcé. D'ailleurs, le maître de cérémonie semblait passablement ennuyé de ne pas avoir été prévenu qu'une jeune femme accompagnerait le souverain. Matteo, lui, savait que, où qu'il aille, on pourrait trouver Livia. Mais pourquoi était-ce la première fois qu'il lui offrait son bras ?

Tu sais très bien pourquoi, avait répliqué une voix pernicieuse dans sa tête. *Le qu'en-dira-t-on…* Il savait lui-même qu'elle n'était rien de plus que son assistante, mais en la voyant, les gens s'imagineraient tout autre chose.

— Je suis terriblement navré, Votre Majesté, avait-il entendu derrière lui.

Un maître d'hôtel s'était approché et il s'adressait à lui, les yeux rivés au sol.

— Votre Majesté, reprenait l'homme, nous ne savions pas que vous auriez une invitée et les tables n'ont… n'ont pas été dressées en conséquence.

— Je vous suggère d'y remédier, avait répondu Matteo d'une voix sèche.

— Absolument, Votre Majesté.

— Accessoirement, pensez-vous que je sois le meilleur interlocuteur ? N'avez-vous donc aucun supérieur à qui faire part de vos problèmes d'organisation ? Je ne vois pas en quoi ils me concernent ! Vous ne…

— Cessez ! l'avait interrompu Livia à mi-voix en posant une main apaisante sur son bras. Ne vous rendez pas ridicule…

Les yeux écarquillés, le maître d'hôtel avait dû se mordre l'intérieur des joues pour masquer sa stupéfaction.

— Je m'occupe de placer madame à vos côtés, avait-il fini par balbutier, avant de filer sans demander son reste.

— Pauvre garçon, il est blanc comme un linge… Qu'est-ce qui vous arrive, Matteo ? avait enchaîné Livia.

— Je pourrais vous retourner la question, avait-il rétorqué, furieux. Vous vous conduisez comme une véritable harpie depuis que…

— Depuis que vous avez kidnappé Violet King pour l'amener au palais ? Je n'approuve pas votre décision, c'est tout. Ai-je manqué de clarté sur ce point ?

— Vous n'approuvez pas ma décision et pourtant, tout ce que vous faites, c'est trottiner dans le palais à l'affût du moindre problème à régler, comme une domestique.

— Je ne suis la domestique de personne, vous le savez très bien. Voulez-vous que je vous le rappelle en face de tout le monde ?

— Vous venez de le faire, il me semble…

— C'est que je suis choquée et ulcérée.

— Ulcérée ? avait-il répété en posant la main sur la chute de ses reins. Allons, pas de grands mots ! Détendez-vous…

Elle s'était raidie. Mais cela n'avait pas duré, et à présent le corps de Livia était souple sous sa main. Matteo avait senti le désir claquer comme un coup de fouet dans ses veines. Il ne tenait pourtant pas à éprouver ce genre de choses pour elle. Certaines barrières étaient infranchissables, et pour de bonnes raisons. Sa position, l'autorité qu'il exerçait sur elle… C'était matière à crier au scandale.

Et dans quel pétrin se serait-il mis, à entamer une relation avec Livia alors qu'il était sur le point d'épouser Violet en grande pompe ? Bien sûr, nombre d'hommes n'en auraient pas été choqués.

Mais cela aurait été une source intarissable de tracas. Et puis, Livia n'accepterait jamais le statut de maîtresse silencieuse. Elle partirait probablement en croisade, tenterait même de rallier Violet à son combat, qui sait ? Matteo n'avait-il pas assez de problèmes à régler sans y ajouter une collusion de femmes indignées ? De toute façon, Livia n'avait jamais manifesté le moindre intérêt à son endroit. Une femme qui le désirerait ne passerait pas son temps à lui dire ses quatre vérités. Livia n'adoptait en rien l'attitude de celles qui cherchaient à être invitées dans son lit. Il avait du mal à exprimer ce que ce dédain lui inspirait. Bien sûr, il ne pouvait faire peser de telles considérations sur leur relation. Livia devait pouvoir accomplir sa tâche sans pression. Et pourtant…

Il n'avait pas l'habitude d'être proche d'une femme sans que celle-ci réagisse à son charme. Voulait-il, oui ou non, que Livia lui manifeste de l'intérêt ? Son indécision sur ce point était ce qui le torturait le plus.

— Et à défaut de vous détendre, je vous suggère de vous tenir, avait-il grondé. Ma patience a des limites et vous vous en approchez dangereusement. Ce sommet est de la plus haute importance, et vous savez comme moi que les négociations démarrent ce soir. Je n'attends rien de moins que le meilleur de nous-mêmes. J'ai besoin de vous, Livia. Je ne pourrai pas être efficace sans vous.

— Et pourquoi ? Vous vous en êtes très bien sorti quand j'étais en coulisses ces dernières années.

— Je sais tout ce qu'il y a à savoir de l'économie de Monte Blanco. Ces connaissances devraient m'aider à sécuriser des alliances. Mais je ne sais pas comment… comment le faire avec diplomatie.

— Vous êtes déjà bien meilleur qu'autrefois.

— Mais j'ai besoin de votre aide. Et je ne veux pas que vous me teniez tête chaque fois que j'ouvre la bouche.

— C'est que vous êtes plutôt difficile à vivre.

— Je vous retourne le compliment. Nous avons cela en commun et j'imagine que c'est peut-être l'une des choses qui vous plaisent chez moi.

— Qui dit que certaines choses me plaisent chez vous ? avait rétorqué Livia. Les bulletins de salaire que vous émettez, voilà ce qui me plaît !

Matteo avait été surpris de l'inconfort qui l'avait saisi en entendant cette attaque, plus violente que les précédentes. Il se moquait qu'on l'apprécie et l'opinion de Livia n'avait pas plus d'importance que celle des autres. Cependant, il n'avait jamais imaginé lui déplaire. N'étaient-ils pas, après tout, comme les deux faces d'une même pièce ?

— Je sais que vous m'appréciez, avait-il déclaré.

Leur joute s'était arrêtée là, alors qu'on les invitait à rejoindre leur table. Au cours de la soirée, Livia avait évolué avec grâce et aisance dans un monde qui n'était pourtant pas le sien. Elle entretenait la conversation avec une touche d'humour, relevait les références subtiles de ses interlocuteurs... Il l'avait présentée comme sa conseillère personnelle et personne n'y avait trouvé à redire. Son opinion pesait, désormais. Et c'était mérité.

Alors qu'il la regardait faire d'une table d'inconnus un parterre suspendu à ses lèvres, Matteo avait compris que Livia avait bien plus d'intelligence et de profondeur qu'il ne le soupçonnait jusqu'ici. Il avait songé à lui offrir une promotion. Elle ne resterait pas simplement assistante personnelle ou conseillère. Peut-être représentante officielle du trône ? Elle connaissait tout des méandres politiques de Monte Blanco. Le pays n'avait pas de secret pour elle.

Il fallait se souvenir d'elle quand il l'avait rencontrée... Désespérée, maigre à faire peur, les vêtements en lambeaux malmenés par la pluie et l'usure... Ce soir, au centre de l'attention, elle était cependant plus proche de la reine que de la souillon.

Les discussions avaient continué jusqu'à une heure tardive, entre membres des corps diplomatiques.

— Voudriez-vous que nous poursuivions cette conversation sur la terrasse ? avait suggéré le représentant des États-Unis alors que la nuit avançait.

Plus d'un diplomate s'était déjà retiré. Livia avait hoché la tête.

— Très bonne idée ! Un peu d'air frais nous fera le plus grand bien. Votre Majesté ?

— Tout à fait, avait répondu Matteo. Je crains que nous soyons venus au bout de la patience de vos estimés collègues !

Durant les quelques heures qui avaient précédé, le petit comité avait refait le monde avec la passion de ceux qui en avaient les moyens. Matteo était confiant pour la suite. Les choses se passeraient bien, le jour suivant, et les alliances seraient sans doute scellées.

Ils étaient allés prendre le frais sur la terrasse, puis l'on s'était quitté dans les meilleurs termes. Il n'était plus resté que Livia et lui. Elle s'était frotté les bras, frileuse, avant de murmurer :

— Je suis désolée pour notre brouille. Ça n'avait pas de sens, vous avez raison. Voilà ce qui importe : Monte Blanco, son destin. Je pense que tout s'est bien passé ce soir.

— Je le pense aussi, avait confirmé Matteo, perdu dans la contemplation de la nuit.

— Je me sens mal pour Violet, tout de même.

— Pas moi. Elle sera traitée avec tous les égards dus à son futur rang.

— Mais elle ne sera plus jamais libre.

Penché au-dessus de la balustrade, Matteo inspirait à pleins poumons l'air capiteux qui montait des jardins.

— Libre… Est-ce que nous le sommes vraiment, qui que nous soyons ? avait-il lancé.

Les mots, prononcés d'une voix rauque, étaient trop sincères. Il se l'était reproché.

— Je ne sais que vous répondre…

Livia semblait ailleurs et Matteo s'en était irrité. Cela lui arrivait parfois : d'une minute à l'autre, elle passait d'une attitude volcanique à un désintérêt glacé. Il détestait ne pas en comprendre la raison.

— Réfléchissez, Livia. Nous sommes tous nés dans une certaine position, n'est-ce pas ? Et puis, la vie s'occupe de nous. Ceux qui nous contrôlent durant l'enfance façonnent notre destin. Nous en avions parlé, à propos de mon père… Certaines de ses opinions, sa volonté… Ces choses sont enfoncées aussi profondément en moi que des harpons, que je le veuille ou non. Alors, est-ce que je suis libre ? J'ai… Je fais toujours les mêmes cauchemars.

Et même au bout de toutes ces années, ces épisodes le laissaient suant et affolé. Livia était la seule à avoir assisté à l'un de ces épisodes. Elle s'était alors approchée, sans crainte, et elle avait vu au plus profond de lui.

Le silence était tombé sur eux quelques instants.

— Moi aussi, avait-elle fini par répondre.

Le tremblement dans sa voix l'avait trahie. Elle baissait sa garde et cela réconforta Matteo. Peut-être était-ce la dernière fois qu'ils seraient aussi proches, avait-il songé. Ensuite, Violet les séparerait. Il était important qu'il ne brise pas le fil de cette conversation. Primordial.

— À cause des décisions que votre mère a prises ? Parce que vous avez été mise à la rue ? Violet King, elle, a une vie bien plus calme, elle a de l'argent, de l'influence. Mais son père a pris une décision qui change tout pour elle. Et pour nous aussi. Au moins, je ne serai pas cruel avec elle.

— Peut-être aurait-elle aimé tomber amoureuse ? Peut-être aurait-elle voulu vivre une vraie histoire d'amour ?

Les mots de Livia avaient déclenché une tempête sous le crâne de Matteo, ne laissant qu'un terrain dévasté en lieu et place de sa réflexion. Il était resté muet un bon moment, avant de déclarer d'une voix calme :

— Dans ce cas, elle sera déçue.

Sa petite souris avait l'air si solitaire… Proche de lui, bien sûr, mais parfois, c'était comme si Matteo la voyait à travers une paire de jumelles.

— Et vous, vous espériez une vraie histoire d'amour, Livia ?

Le silence était tombé sur le jardin en contrebas, comme si la nuit les écoutait. Livia n'avait pas bougé. Elle n'avait pas tourné son regard vers lui.

— Non, avait-elle finalement répondu. Je ne me suis jamais attendu à quoi que ce soit de ce genre. Tout ce que j'espérais, à l'époque où j'étais dans la rue, c'était survivre.

— Et désormais ? l'avait pressée Matteo sans reconnaître sa propre voix.

Livia avait hoché la tête.

— Désormais, les choses sont différentes. Je vis un scénario improbable, comme une réalité parallèle. C'est mieux que tout ce que j'ai pu imaginer, je dois le reconnaître.

— Moi, je n'ai jamais cru possible qu'on puisse m'aimer un jour, de toute façon, avait confié Matteo. Je pensais que mon pays m'apporterait sa loyauté. Je pensais... Enfin, je ne pensais pas à l'amour.

— Peut-être que Violet, si.

L'estocade aurait dû le toucher, mais il ne songeait pas à Violet pour le moment. Livia, par contre, douce et si forte, si proche... Elle méritait mieux que la simple survie.

— Violet s'en remettra, avait-il assuré. Il y a d'autres choses tout aussi importantes dans la vie.

— J'imagine que vous avez raison, avait faiblement acquiescé Livia.

— Ce ne sera pas si mal pour elle. Son entreprise y trouvera du profit et je pense que rien ne lui importe plus que la bonne santé de ses affaires. Si sa société se porte bien, elle sera heureuse. Je pense que les planètes s'aligneront pour elle lorsqu'elle s'en rendra compte.

Livia avait alors demandé, dans le silence de la nuit :

— À quoi est-ce que cela ressemble, à votre avis ?

— Quoi donc ?

— Être amoureuse ? Amoureux ?

La question était simple, mais Matteo avait dû combattre le réflexe premier qui lui imposait de fuir ce genre de sujets.

— C'est l'opium du peuple, je pense. Des sornettes. Rien de substantiel.

— Vous le croyez vraiment ?

— Avez-vous déjà pu l'observer, cet amour, porté à une autre personne ?

Livia avait secoué la tête.

— Non. Mon père n'était jamais là. Je ne suis pas même sûre de qui il était. Mais je sais qu'il n'aimait pas ma mère.

Elle m'en aurait parlé. Je pensais qu'elle au moins m'aimait, mais en fait… En fait, ce n'était pas le cas. Et vous ?

— Mon père me considérait comme un jouet.

Les mots étaient assez durs pour trancher la pierre. Matteo avait poursuivi :

— Peut-être que je ne servais que d'exorcisme à sa psychopathie, ou qu'il était intimement persuadé qu'il allait faire de moi un chef d'État endurci… Je ne sais pas. En tout cas, il prenait du plaisir à me faire mal. Quant à Javier et moi, nous sommes loyaux l'un envers l'autre.

— Rien de plus ?

Le visage de son interlocuteur s'était crispé.

— Je lui souhaite le meilleur.

— Et pour vous ? Que pensez-vous que ce soit, ce « meilleur » ?

— Je ne sais pas.

Matteo détestait ce sentiment d'impuissance. Il ne contrôlait rien en la matière.

— Vous pensez néanmoins qu'il y a un « meilleur » possible, insista Livia. C'est l'amour qui fait la différence, non ?

— Peut-être.

— Alors vous êtes d'accord. L'amour peut transformer quelqu'un…

— De nombreuses expériences nous transforment sans nécessairement changer le cours des choses.

Matteo agrippait fermement la balustrade, et ses jointures, sur la pierre, avaient blanchi.

— J'espère que vous trouverez quelqu'un qui vous aime, petite souris…, avait-il ajouté au bout d'un moment.

Livia l'avait regardé, les yeux arrondis par la surprise.

— Pourquoi dites-vous cela ?

Il s'était alors tourné vers elle et rapproché, subitement attiré par la pâleur de ses traits.

— Parce que vous en avez assez bavé, je crois. Assez pour une vie.

L'atmosphère s'épaississait autour d'eux.

— Je suis d'accord, avait-elle murmuré, comme à bout de souffle. Mais pourquoi ne pas souhaiter la même chose pour vous-même ?

— Pour moi, vivre le meilleur, c'est me différencier de mon père.

Un poids immense lui pesait sur les épaules. Livia pensait peut-être qu'il était aisé de s'en défaire, mais la réalité était tout autre. Haïr son père avait été trop simple. Les choses, au fond, étaient plus compliquées.

— Je m'en contenterai, en tout cas, avait-il ajouté. C'est moins romantique qu'une histoire d'amour, mais ça me suffira.

— Et moi ? n'avait pu s'empêcher de répondre Livia.

Matteo avait tendu la main vers elle, en un geste qu'il s'attendait à regretter plus tard. Il lui avait touché le visage, sa joue si douce, et laissé sa main redescendre jusqu'au menton. Livia le fixait, immobile, sans le repousser.

— Vous êtes la femme la plus singulière que j'aie jamais rencontrée. Même lorsque vous êtes odieuse. Peut-être surtout dans ces moments-là, à vrai dire. Personne n'ose s'opposer à moi comme vous le faites. Et ce soir, j'ai noté l'ardeur que vous avez mise à défendre les intérêts de notre pays. Vous méritez l'amour, plus que toute autre personne que je connaisse. Pour peu qu'une telle chose existe, vous la méritez.

— Je me contenterais d'une pâle copie du sentiment véritable…, murmura Livia.

— Beaucoup de gens semblent s'en accommoder.

— Certains, c'est vrai.

— Mais vous ne devez pas me quitter, avait ajouté Matteo, comme malgré lui. Même si vous tombez sous le charme de quelqu'un, il faudra rester près de moi.

— Je ne crois pas que j'en serais capable.

Elle s'était subitement détournée de lui.

— Pourquoi ?

— Je ne peux pas vous appartenir si je m'engage auprès d'un homme, vous devez bien vous en rendre compte.

— Eh bien, si c'est un citoyen de Monte Blanco, je ne vois pas où est le problème. Je suis le suzerain, après tout.

— Vous n'avez pas besoin de me le rappeler, avait-elle répondu avec un petit rire. Vous n'avez pas perdu en arrogance, en tout cas.

— Et vous, vous n'avez pas abdiqué votre tempérament de chat sauvage, malgré vos mines trompeuses et votre sourire charmeur…

— Un compliment ?

— Toujours mieux que vos insultes.

— Matteo…

Livia ne semblait pas prête à achever sa phrase. Elle s'était détournée, aussi lui avait-il saisi le bras pour l'obliger à lui faire face. Ce mouvement avait figé le temps.

Matteo s'était déjà trouvé sur le point d'embrasser une femme. La plupart du temps, il ne s'embarrassait pas de préambule et réclamait ce qui, selon lui, était un dû. Sans pause ni hésitation.

Ce soir-là, pourtant, il ne s'agissait pas d'une hésitation, mais d'une découverte. Une révélation profonde, incroyable : la seule chose qu'il désirait en cet instant précis, c'était de goûter les lèvres de Livia. Goûter son tempérament abrasif, ses récriminations comme ses compliments. Boire le tout à la source de sa bouche et s'en délecter. Ressentir ce qu'elle ressentait. Sa passion, son feu intérieur. Il venait de réaliser qu'elle était sa moitié, rien de moins. Une moitié qu'il cherchait depuis des années et qui encapsulait tout ce dont il était dépourvu. Il connaissait la souffrance. Il connaissait la colère. Le reste appartenait à Livia. Elle possédait tout ce qu'il n'avait pas.

— Livia…

— Est-ce que vous comptez épouser Violet King ? l'avait-elle interrompu d'une voix tremblante.

— Oui, bien sûr.

À ces mots, Livia avait immédiatement brisé leur étreinte.

— Ne refaites jamais ça !

— Qu'est-ce que…

— Je vous en prie ! Ce soir, ce n'était pas une soirée normale, nous n'étions pas dans notre état normal. Évitons de répéter la même erreur.

Elle lui avait tourné le dos pour quitter la terrasse et rejoindre la salle de réception.

Ces souvenirs étaient lointains, certes, mais toujours vifs. Ce soir, pourtant, tout était différent. De retour à l'hôtel parisien, Matteo ouvrit à Livia la portière de la voiture, puis, sans prévenir, la prit dans ses bras et l'embrassa. Enfin. Avec toute l'excitation contenue depuis si longtemps, depuis cette soirée sur la terrasse du Grand Hôtel. Ce désir profond d'être avec elle qui l'avait saisi alors, il s'était retenu, parce qu'elle le lui avait demandé. Et parce qu'il avait veillé à maintenir un cap personnel, dont il saisissait désormais qu'il était vain. Qu'y avait-il chez cette femme qui le mettait toujours en face de ses propres contradictions ? Jusqu'ici, Matteo considérait qu'il n'avait aucun problème. Ou plutôt, qu'il n'en avait plus : en s'arrachant le cœur, il avait cru tout résoudre de manière définitive. Mais Livia lui rappelait chaque jour qu'il était un être humain.

Ne fallait-il pas être un être humain pour ressentir tant de plaisir à serrer une femme dans ses bras ?

Il l'embrassa au beau milieu de la rue, à la vue de tous. Comme pour la marquer de son sceau.

Elle lui appartenait. Ils étaient voués à s'appartenir, depuis que leurs regards s'étaient croisés dans la ruelle où il l'avait cueillie un soir. Le jour du sommet avait servi de galop d'essai, un dernier test grandeur nature pour déterminer si, oui ou non, elle possédait ce qu'il fallait pour devenir sa reine. C'était comme si le corps de Matteo l'avait su bien avant son cerveau. Le destin de Livia était d'occuper avec lui le trône de Monte Blanco. Le pays avait besoin d'elle. Elle guidait Matteo depuis longtemps, le conseillait, organisait sa vie. Elle avait influencé le tournant que prenait le pays. Le dénominateur commun à l'enrichissement et l'épanouissement récent de Monte Blanco tremblait actuellement comme une feuille entre ses bras.

Tout ceci était inévitable. Écrit, même, pour peu que l'on croie à ce genre de choses. Ce qui n'était pas le cas de Matteo, mais comment nier que des puissances divines étaient à l'œuvre, dans ce cas précis ? Cela n'avait pas d'importance de toute façon. Ce soir, il avait envie de Livia et c'était tout.

Lorsque leurs lèvres se descellèrent, il la prit par la main et l'entraîna jusqu'à l'ascenseur privé qui menait à sa suite. Son empreinte digitale suffit à déverrouiller les portes, leur ouvrant l'accès au paradis.

— Je… Mais où… ? bégaya Livia, visiblement désorientée.

— Quoi ? Tu as vu qu'on ne prenait pas le chemin de ta chambre ?

— Je ne suis pas en capacité de voir quoi que ce soit…

— Je nous ai trouvé mieux.

Elle cilla et Matteo crut un instant qu'il allait recevoir une nouvelle leçon sur son arrogance. Prenant les devants, il s'assura de son silence en plaquant à nouveau ses lèvres aux siennes. Leurs baisers le transportaient. Livia avait un goût de champagne, de soleil et de quelque chose d'autre, d'indéfinissable, qui n'appartenait qu'à elle.

Désormais, il n'y avait plus de retour en arrière possible.

8.

Livia tremblait de désir. La manière dont Matteo la tenait contre lui, dont il l'embrassait… Lorsqu'elle découvrit qu'il avait fait transporter toutes ses affaires dans la splendide suite qu'il avait louée dans le même hôtel qu'elle, elle ne réussit même pas à lui en vouloir. Elle avait connu nombre d'hôtels somptueux depuis qu'elle l'accompagnait partout. Et elle vivait dans un palais depuis presque dix ans ! Pourtant, elle restait toujours sensible au luxe qui l'entourait. Il lui était impossible d'oublier l'inconfort qu'elle avait connu un jour. Or l'atmosphère de cette suite était étrange. C'était comme si chaque élément de décoration, chaque couleur, chaque texture avait été soigneusement choisi pour inciter au sexe, comme si chaque surface avait été étudiée pour accueillir le poids de leurs deux corps enlacés.

Livia n'était pas naïve. Quiconque avait vécu dans la rue savait ce qui pouvait s'y dérouler, la nuit, lorsque les corps devenaient la seule monnaie d'échange. Elle-même avait été harcelée, agressée, poursuivie. Des hommes en costume, au train de vie dispendieux, l'avaient accostée pour lui proposer de lui « faciliter la vie ». Elle avait toujours réussi à leur échapper. Elle savait ce qui se tramait sous leurs sourires civilisés. Rien à voir avec ce qu'elle désirait, elle : le plaisir que l'on donnait et recevait en parts égales, la violence des passions, également partagée. Bien sûr, il devait y avoir un monde entre la représentation qu'elle s'en faisait et l'acte en lui-même, dont elle n'avait encore jamais fait l'expérience. Bientôt, elle saurait. Elle était sur le point de se livrer à Matteo.

Il était tout à fait normal que les choses se déroulent ainsi. Le roi serait son premier amant.

Si elle ne pouvait en faire l'expérience avec lui, il n'y aurait personne d'autre. C'était à Matteo de lui faire goûter les plaisirs de la chair.

Il embrassa son cou, descendit lentement jusqu'à sa clavicule, décalant du doigt les bretelles de son corsage, l'une après l'autre, pour lui dénuder les épaules. Le tissu tomba, exposant sa poitrine. Ni grosse ni petite, selon elle. Peu remarquable.

Pourtant Matteo laissa échapper un grondement étranglé en la découvrant. Apparemment, il était sensible au spectacle.

— Tu es magnifique, murmura-t-il d'une voix rauque.

Elle repensa à cette nuit où il lui avait fait un compliment similaire, pour la première fois, dans la limousine qui les menait au Grand Hôtel.

— Tu le penses vraiment ?

— Bien sûr, répondit-il sans la lâcher des yeux. Tu n'imagines pas le nombre de fois où j'ai été tenté de… Mais cela aurait été un grave manquement, je le sais.

— Dis-moi… Depuis combien de temps me trouves-tu magnifique ? l'interrompit-elle.

— J'ai assez honte de…

— Dis-le-moi !

Avec un sourire, Matteo plaça les bras autour de la taille de Livia et la souleva. Elle laissa échapper un petit cri de surprise et noua aussitôt les jambes autour de lui. Alors il libéra une de ses mains pour la poser sur son sein, caressant doucement du pouce le bourgeon rose. Il ne l'avait pas lâchée des yeux.

— Je me souviens du soir où je t'ai demandé de devenir mon assistante. Tu portais une tenue rouge vif. Je ne sais pas pourquoi.

— C'était mon anniversaire, murmura-t-elle.

Il posa la main sur la joue de la jeune femme.

— J'aurais dû le savoir. Je suis impardonnable ! Mais je n'ai pas oublié ta robe. Je t'ai trouvée splendide ce soir-là. Jeune, pleine de vie… Et vulnérable.

— J'avais pourtant déjà poignardé quelqu'un à l'époque. J'étais loin d'être vulnérable.

— Je devrais me méfier, alors…

— Tu devrais, oui.

Ils souriaient tous deux. Matteo poursuivit :

— Je me souviens aussi de ton air sérieux, lorsque tu examinais les dalles de la salle de bal à la recherche du moindre grain de poussière qui pourrait gâter la soirée…

— Pourquoi se souvenir d'une chose pareille ?

— Ton visage… Ta façon de froncer les sourcils quand tu te concentrais. Cette fois-là aussi, je me suis dit que tu étais superbe… Et puis il y a eu la nuit où tu m'as rejoint dans ma chambre après un de mes cauchemars. Tu m'as apporté du café et tu t'es assise à côté de moi. Je n'avais encore jamais connu ce genre de tendresse. Et quand je t'ai regardée, je n'ai pas pu m'empêcher de constater à quel point tu étais belle…

Livia ferma les yeux, luttant pour refouler les larmes qui lui montaient aux yeux. Mais il était impossible d'arrêter Matteo :

— Et puis le jour où tu as hurlé dans mon bureau, quand je t'ai parlé de Violet. Je ne t'avais jamais vue hors de toi comme ça. En rage. Encore une fois, la seule chose qui m'est venue sur le moment, c'est que la colère t'allait bien. Que tu étais belle. Aussi belle que quand je t'ai appris la valse et que tu t'es laissé guider dans mes bras, ouverte et confiante, alors que nous savions toi et moi à quel point l'abandon pouvait nous coûter cher. Tu étais sublime, Livia.

— Matteo…

— Pour te répondre, mon attirance pour toi n'a rien de nouveau. Je ne t'en ai parlé que très récemment, mais elle dure depuis longtemps.

— Fais-moi l'amour, maintenant ! Je te veux…

— C'est déjà ce que je suis en train de te faire, *querida.*

— Ne m'appelle pas comme ça.

— Petite souris, alors, murmura-t-il. Tu admettras que c'est moins sexy.

— Mais ça nous appartient.

Le temps des paroles avait atteint son terme. Matteo l'embrassa à nouveau, sans cesser de lui caresser la poitrine, et Livia sentit son bas-ventre s'embraser. Il brisa leur baiser et descendit jusqu'à ses seins pour emprisonner l'un après l'autre les tétons dressés qui s'offraient à lui. Elle se cambra dans ses bras, consumée par l'envie de le sentir en elle.

Alors qu'elle gémissait sous sa langue, il l'entraîna jusqu'au lit démesuré et la déposa sur les draps. Puis il se redressa et recula d'un pas pour l'observer.

— Matteo ! lança-t-elle, suppliante.

Elle le supplierait, sans retenue ni pudeur. Elle réclamerait plus, exigerait qu'il la fasse sienne. Qu'il ne s'arrête pas.

Rapidement, Matteo se débarrassa de sa chemise, qui tomba au sol, révélant son torse musclé et ses abdominaux nettement dessinés. Livia les avait déjà vus, mais elle songea qu'elle ne s'en lasserait jamais. La première fois qu'elle avait posé les yeux sur son torse, avec sa toison triangulaire de boucles noires, elle avait manqué défaillir. Elle allait pouvoir le toucher, à présent. Cela ne relevait plus de l'ordre du fantasme, constamment à portée de main et tristement inaccessible, se baladant presque nu comme s'il était seul dans la pièce. Une preuve de plus du peu d'intérêt qu'il lui portait… *Non.* Il avait dit à quel point il la trouvait belle. Et il était là, prêt à se perdre en elle. Comment rester de marbre ? Elle se dressa au bord du lit et posa les deux mains sur le torse de Matteo.

Enfin. C'était comme passer de l'autre côté du miroir. Longtemps, il lui avait semblé hors de portée, comme protégé par une paroi de verre. Là, le verre s'était brisé.

Il l'embrassa à nouveau, étouffant le sanglot qui montait dans la gorge de Livia alors qu'elle lui rendait son baiser. Elle explora son torse, son ventre, ses muscles bandés, les boucles de sa toison, elle s'enivra de l'odeur de sa peau. Elle était minuscule dans ses bras et se sentait en sécurité. Plus que tout, elle se sentait regardée, chérie, unique, elle n'avait plus rien de la pauvre créature qu'il avait trouvée, seul portrait qu'elle s'autorisait jusqu'ici à dresser d'elle-même.

Rien n'avait pu effacer la façon dont elle se voyait elle-même. Ni les années ni le succès professionnel. On ne se débarrassait pas facilement d'un pareil traumatisme. Il y aurait encore des jours difficiles. Mais ce soir, il lui semblait guérir entre ses bras.

Matteo la couvrit de son corps, un appétit féroce au fond des yeux. Livia avait toujours su qu'il y avait en lui quelque chose de dangereux et, curieusement, elle se sentait protégée par cette aura menaçante. Ce soir, le danger était tout autre : il venait d'elle, car elle pouvait le toucher, l'embrasser, le faire frémir de désir. Elle mordilla sa lèvre tandis qu'il continuait l'exploration sauvage de son corps. La robe de Livia était déjà descendue jusqu'aux hanches, il tira sur le tissu pour l'en débarrasser, avant de reporter son attention sur la petite culotte qu'elle portait, passant un doigt sous le tissu, pour le simple plaisir de la sentir frissonner, semblait-il. Livia comprenait désormais pourquoi toutes les conquêtes délaissées de Matteo étaient si tristes de voir l'histoire s'achever. Son toucher était une torture, il enflammait tous les endroits qu'il désacralisait. Millimètre par millimètre, il trouva son chemin jusqu'au cœur de son intimité humide à souhait. Elle se cambra sous sa caresse, envahie par un plaisir qui brûlait comme un métal chauffé à blanc. Lorsqu'un doigt de Matteo entra enfin en elle, elle sentit des larmes de soulagement lui monter aux yeux. C'était extraordinaire. Et ce n'était qu'un début.

Elle l'embrassa, se réjouissant à son tour de l'entendre gémir sous ses lèvres. Elle glissa les mains le long du corps masculin, descendit jusqu'au pantalon déformé par le sexe tendu. Il la désirait, c'était une réalité sur laquelle elle n'aurait plus jamais à entretenir de doute : il était attiré par elle. Un corps était incapable de mentir. Celui de Livia ne mentait pas… Matteo avait glissé un second doigt en elle et elle avait senti que cela ne serait bientôt plus suffisant. Elle se déhancha, avide de davantage. Non, elle ne serait pas satisfaite tant qu'il ne l'aurait pas faite sienne, tant qu'elle ne lui aurait pas tout donné, et tant pis si, en le quittant, elle allait être dévastée. Elle devait cet instant à la fillette qui avait dormi dans les rues, à la jeune fille qui avait osé aimer un roi sans espoir de retour, à la femme qui avait versé toutes les larmes de son corps en apprenant ses fiançailles. Elle allait prendre ce que Matteo voulait lui donner, tout en étant bien consciente qu'il ne se l'attacherait pas et, donc, qu'il n'obtiendrait pas tout d'elle. À cette idée, elle ressentit une sombre satisfaction.

Avide, elle se pressa contre le pantalon de Matteo tout en défaisant frénétiquement la boucle de sa ceinture, les mains si tremblantes qu'il dut l'aider pour qu'ils se retrouvent enfin peau contre peau. Il gronda contre ses lèvres et elle perdit pied, tandis qu'il bougeait les doigts en elle à un rythme plus soutenu. Il traça sur elle une ligne de baisers qui descendait du cou jusqu'au nombril, jusqu'à venir enfouir la tête entre ses cuisses.

Livia laissa échapper un cri de plaisir et se cabra pour aller à la rencontre de sa langue, en partance pour une décharge de plaisir encore inconnue. Quand elle arriva au point culminant, l'orgasme explosa en elle en un millier d'éclats. Elle jouit longuement, se cramponnant aux muscles bandés de Matteo, tandis qu'il continuait inlassablement sa tâche, prolongeant le plaisir jusqu'aux dernières secondes.

Livia n'était plus sur terre. Elle s'était éparpillée dans le vent. Les larmes aux yeux, bégayant, elle sentit Matteo venir se placer entre ses jambes. Et, enfin, entrer en elle…

Une exclamation douloureuse lui échappa alors et il

s'immobilisa en lui jetant un regard inquiet, suivi d'un sourire. Il avait compris. Il serait doux.

Peu à peu, elle se détendit. La douleur qui l'avait brusquée s'estompa, remplacée par une sensation diffuse de chaleur. Alors qu'elle le sentait reprendre son lent va-et-vient, elle laissa échapper un premier gémissement de plaisir, avant de commencer à bouger elle-même, pour inviter Matteo à amplifier ses mouvements. Il prit son temps, augmentant lentement la cadence, entraînant dans son mouvement continu les vagues de plaisir qui enflaient, affluaient et refluaient, amassant à chaque passage un peu plus en prévision du second orgasme qui exploserait inévitablement. Livia, les yeux fermés, ahanait contre lui sans savoir si ce deuxième assaut n'aurait pas raison d'elle. Il allait de plus en plus fort, les mains plaquées sur ses hanches.

— Ne résiste pas, Livia. Laisse-toi aller, murmura-t-il.

Elle ouvrit les yeux pour noyer son regard dans celui de l'homme qui la chevauchait. Comme un lion. Féroce, puissant. Et qui, pour une fois, n'avait pas une épine à la patte, mais au cœur. Même sa souris, hélas, serait incapable de l'en déloger. La douleur de cette pensée fut subitement balayée par l'orgasme qui explosa sans crier gare. Un flash, des pupilles dilatées, et les muscles de Livia subitement se contractèrent contre le sexe qui allait et venait en elle.

Vaincu par la puissance qu'il avait lui-même déchaînée, Matteo se répandit avec un cri de délivrance, le corps tremblant. À cet instant, Livia sentit qu'elle devenait enfin son égale. Ils n'étaient plus roi et fille des rues, mais deux personnes, échouées sur le rivage du plaisir, réduites à l'unique expression de leur désir. Deux corps qui reprenaient lentement leur respiration.

Livia sentit son cœur s'emballer du même élan qui l'avait saisi quand Matteo lui avait annoncé qu'il n'épouserait pas Violet. Tout semblait à nouveau possible. Comme en cet instant, mémorable, dans le bureau de Matteo…

— Apparemment, Violet est tombée amoureuse de Javier.

Livia avait levé les yeux de son ordinateur.

— Elle… Quoi ?

— Durant notre absence, semble-t-il. Pendant que nous étions occupés à forger des alliances sûres pour Monte Blanco, mon frère en a profité pour me voler mon épouse.

Elle avait froncé les sourcils, l'examinant de près.

— Vous dites ça, mais… vous n'êtes pas en colère…

— Pas du tout, non, avait confirmé Matteo. C'était ce que j'espérais pour lui, après tout : je voulais qu'il trouve l'amour. Je ne m'attendais pas à ce que ce soit avec ma future épouse, mais s'il en est ainsi… J'imagine que tout est bien qui finit bien. Monte Blanco bénéficiera tout de même de l'influence positive de Violet, et Violet sera heureuse aux côtés de Javier. Vous n'avez donc plus aucune raison de garder une dent contre moi…

— Ne vous inquiétez pas, des raisons, j'en trouverai d'autres, avait-elle répondu d'un ton absent.

Son cœur battait la chamade. Il lui faudrait quelques instants encore pour recouvrer son calme, avait-elle songé… Mais quelques instants n'avaient pas suffi. La poitrine de Livia semblait sur le point d'exploser. Il n'épousait pas Violet. Violet allait épouser Javier. Elle ne serait pas…

— Voudriez-vous m'excuser un petit instant ?

— Naturellement.

Elle avait quitté le bureau pour se réfugier dans les toilettes. Elle avait pressé son front sur le mur, les poings serrés contre sa bouche pour étouffer son exclamation.

Il ne l'épouse pas !

Elle aurait voulu hurler, sangloter, après tout ce qu'elle avait enduré. La soirée du sommet international l'avait marquée d'une trace indélébile. Matteo l'avait vraiment regardée ce soir-là et elle avait constaté qu'elle ne le laissait pas indifférent. Oui, elle l'avait bien senti… Bien sûr, Matteo était impressionné par son talent, par son habileté à gérer les diplomates.

Il lui avait annoncé qu'il ne voudrait pas se séparer d'elle, même si elle se mariait un jour. Et voilà qu'elle apprenait, en prime, que les fiançailles étaient rompues ! Elle connaissait l'arrogance de Matteo. Ce qu'il voulait, il l'obtenait. Donc…

Donc, il allait la demander en mariage. C'était sûr. Il attendrait que les noces de Violet et Javier soient passées, laisserait s'écouler le laps de temps adéquat, puis il demanderait à Livia de devenir sa femme. Non, il l'exigerait. Matteo était comme cela. Il ne lui viendrait pas à l'esprit qu'elle puisse refuser son offre. Pas parce qu'il la pensait amoureuse, Dieu merci, mais parce qu'il était convaincu, dans sa logique égoïste, qu'une demande royale ne se refusait pas.

Le cœur de Livia s'était crispé de douleur. Que faire ? La situation avait évolué. Les circonstances n'étaient plus les mêmes, et cependant Matteo était toujours le même souverain, qui considérait les émotions comme une erreur. Retirer Violet de l'équation ne changerait rien, hélas, à son raisonnement : il lui fallait quelqu'un qui soit capable pour le trône. La solution de l'équation s'appelait Livia. L'épouser serait le triste résultat d'un calcul logique et froid.

C'était bien pire que de le voir épouser quelqu'un d'autre, en fait.

S'il avait mis Violet sur le trône, celle-ci aurait été condamnée au calvaire programmé d'une vie sans amour. Livia n'aurait pas envié son sort pour un sou.

Se retrouver soumise à la même malédiction était, en revanche, tout bonnement insupportable à envisager. Elle ne vivrait pas sans amour.

Si elle n'avait pas été amoureuse de Matteo, les choses auraient été différentes. Moins douloureuses. Mais à quoi bon nier l'évidence ? Elle avait de l'expérience en matière d'amour non réciproque. Elle savait ce que c'était que d'aimer quelqu'un qui vous considérait comme quantité négligeable. Qui vous abandonnait, perdue et apeurée, avec une friandise à la main pour seul réconfort. Elle avait enduré cela et refusait de se laisser acculer à nouveau dans cette voie. Elle ne laisserait jamais pareille douleur la frapper deux fois. Ni pour lui ni pour personne.

Ni pour son roi ni pour son pays.

Il faudrait qu'elle s'endurcisse, qu'elle se prépare. Lorsque Matteo ferait finalement sa demande, elle devrait répondre par la négative. Avec fermeté. Et sans dévoiler sa peine.

Quand il franchirait le pas, elle saurait rester impassible. Même si cette proposition la détruirait, elle le savait. Ce serait comme un coup de poignard qui déchirerait le tissu de son âme.

Mais elle resterait forte.

Et une fois qu'il aurait accepté sa décision, elle se mettrait en quête d'une épouse pour lui. C'était la seule initiative qu'elle puisse prendre pour s'en sortir indemne, si tant est qu'une telle chose fût possible.

Il n'y avait pas d'autre choix, s'était-elle répété. Matteo, lui, ne se serait jamais laissé guider par ses sentiments. Il suffisait qu'elle s'en souvienne le moment venu.

La joie la quitta comme elle l'avait saisie. Ce n'était pas différent du jour où il lui avait annoncé la rupture de ses fiançailles. Bien sûr, l'avenir semblait radieux en cet instant précis. Mais l'instant serait bref. La réalité frappait déjà à la porte. Ni Matteo ni elle n'avaient été métamorphosés par ce qu'ils venaient de vivre, même si ces instants avaient été merveilleux, indescriptibles.

Livia sortit du lit, le cœur battant, et se rhabilla. C'était maintenant ou jamais…

— On va rentrer à Monte Blanco, fit Matteo en s'asseyant.

Le drap cachait à peine son corps nu.

— Non, répondit-elle sans se retourner, prise de panique et craignant qu'il ne s'en aperçoive.

— Il n'y a pas lieu d'en discuter. Toi et moi… Nous devons officialiser. Livia, tu as dit que tu me voulais.

— Et je t'ai eu, Matteo. C'était… Je crois que je n'ai même pas besoin de le dire. Mais jamais je n'ai accepté de devenir ta femme.

— Tu te moques de moi ?

— Tu épouses toutes les femmes avec qui tu couches ? Je suis bien placée pour savoir que non, vu le nombre de celles que j'ai raccompagnées à la portière du taxi. Qu'est-ce que tu croyais, Matteo ? Tu pensais vraiment que j'allais t'épouser ?

— Je pensais que tu savais te servir de ton cerveau. Que tu dirais oui.

— J'ai vu la manière dont tu traites les femmes. Pour toi, ce sont de jolies petites choses, dont tu aimes disposer jusqu'à ce que la fatigue s'installe…

— Ce n'est pas juste, répondit Matteo. Les femmes que j'ai fréquentées savaient pertinemment ce qui les attendait, et depuis le début. Je n'ai jamais cherché à leur briser le cœur.

— Peut-être. Mais je t'ai vu ne rien éprouver, ne rien ressentir, rester toujours froid, égal à toi-même… Dépourvu de tout sentiment. Pourquoi est-ce que j'aurais envie de vivre avec un tel homme ? Qu'est-ce qui se passera quand tu te seras lassé de moi, Matteo ? Tu te trouveras une nouvelle amante, avec qui les choses seront simples ?

— Non. J'honorerai nos vœux. Je serai fidèle.

— Peut-être. Mais j'ai d'autres raisons de te dire non. Tu pensais que j'allais tomber à genoux pour te remercier ? Que tu pourrais me dicter ton calendrier et que je m'exécuterais, comme d'habitude ? Parce que je suis une toute petite Minnie, frêle et désespérée ? Tu peux dire ce que tu veux sur les raisons de mon surnom, je connais la vérité. C'est comme ça que tu me vois. Une petite souris, discrète, fidèle, qui devrait te remercier de l'attention que tu lui portes. De l'honneur que tu lui fais en lui offrant le trône. Mais je ne veux pas de cet honneur, Matteo.

— C'est trop tard, répondit-il simplement.
— Trop tard ? Pourquoi donc ?
— Tu ne peux pas refuser, Livia. Nous avons fait l'amour.
— Et alors ? À quel siècle est-ce que tu vis, exactement ?
— Pour toi, cela veut dire quelque chose, à ce qu'il m'a semblé.
— Tu es choqué parce que j'étais vierge ? Où est-ce que j'aurais trouvé le temps de prendre un amant, tu peux me le dire ?
— Tu gères ta vie personnelle comme tu l'entends. Si j'ai, moi, eu le temps d'avoir des aventures…
À sa voix, Livia devina qu'il était authentiquement surpris. Elle se moquait bien, elle, de la perte de sa virginité. La colère l'envahissait.
— Tu sais très bien que tout ce que j'ai fait ces dernières années, c'était de te faciliter la vie. Tu avais le temps, pas moi.
— C'est faux. Tu dresses de la situation un tableau où tu figures comme la victime. Les choses sont bien plus simples : tu t'en veux parce que tu as craqué ce soir. Tu peux le nier autant que tu voudras, hurler autant qu'il te plaira, mais tu me désirais. Tu avais envie de moi, Livia, et tu m'as eu, oui. Tu sais très bien qu'on ne peut pas revenir en arrière, ni cacher notre relation, et ça t'énerve. Mais ton inconfort ne me concerne pas. Tu vas rentrer à Monte Blanco, Livia. Avec moi.
— Tu peux toujours rêver ! fulmina-t-elle en enfilant sa robe. Si tu me cherches, je serai dans ma chambre.
— Tu n'as plus de chambre, répondit Matteo d'une voix dure. Tu restes ici. Avec moi.
— Je m'en vais, Matteo. Je rentre à mon appartement, puisque je n'ai plus de chambre.
— Pas question !
— Tu ne peux me forcer à rien.
— Ah non ?
Il se leva d'un bond, toujours nu, et la saisit pour la jeter sur son épaule comme un vulgaire paquet. Après avoir lutté

pour la maîtriser, il réussit, de sa main libre, à enfiler son pantalon, sous les cris de protestation de Livia.

— Tu m'appartiens, Livia, et tu me suivras.

— Tu, tu..., bégaya-t-elle, blanche de rage. Tu n'as pas d'ordres à me donner !

— Il faut croire que si...

— C'est un enlèvement !

— Je suis prêt à vivre avec.

— Comment oses-tu ?

— Avec une facilité déconcertante, semble-t-il.

Torse nu, Livia toujours sur son épaule, il marcha jusqu'aux portes de l'ascenseur et descendit dans le hall. Il était tard et seul un employé somnolait derrière le bureau de la réception. Il ne leur jeta même pas un regard.

— Tu ne peux pas faire ça, c'est scandaleux ! cria Livia pour attirer son attention.

Le réceptionniste ouvrit un œil vitreux et préféra le refermer plutôt que d'avoir à réagir aux fantaisies d'un roi.

— Si tu le dis, répliqua froidement Matteo.

— Repose-moi !

Livia, qui ne cessait de se débattre, essaya de se redresser.

— Non, répondit-il simplement.

Calme et déterminé, il descendit les marches qui donnaient sur la rue et reprit :

— Je t'ai dit dès le début qu'un monstre vivait en moi, Livia, et que j'étais capable de tout. Et tu m'as répondu... quoi, déjà ? Que ce n'était pas vrai ? Que je n'étais pas mon père ? Tâchons de découvrir où ce raisonnement nous mène, veux-tu ? Testons un peu ses limites. Voyons si tu as raison d'avoir confiance en moi. Voyons ce dont je suis capable.

Il ouvrit la portière de la voiture et la jeta sur le siège passager, avant de faire le tour du véhicule et de démarrer.

— Tu es... C'est incroyable, répéta Livia, éberluée, tandis que le bolide fendait l'air frais de la nuit.

— Je suis le roi, répondit-il sans la regarder. J'agis selon mon bon plaisir.

9.

Dans la cabine du jet privé qui les emmenait bien au-dessus des nuages, Matteo tourna la tête vers Livia. Assise dans la rangée opposée, elle était toujours furieuse. Sa robe était froissée autour de ses genoux, qu'elle avait ramenés contre sa poitrine. Sa bouche gardait un pli amer, ses sourcils restaient froncés. Ses cheveux étaient toujours en désordre, après leur nuit ensemble. Et elle avait voulu le quitter ? Inconcevable. Incompréhensible.

Il lui avait pris sa virginité. Lui qui avait juré de ne jamais la toucher sans que le mariage ne soit sur la table.

Avec les noces en vue, ce qui venait de se produire était acceptable. Sans, c'était inadmissible. De toute façon, Matteo ne pourrait jamais la laisser partir. Livia, mariée à un autre, prenant un amant ? Cette idée le mettait en rage. Elle rentrerait avec lui.

Et le kidnapping, c'est acceptable ?

Ce n'est pas du vol, si ça vous appartient.

Livia lui appartenait. Ceci au moins était clair dans son esprit.

Une douleur lui comprima la poitrine, mais il refusa de s'intéresser aux messages que son corps pouvait lui transmettre. Il suivait son cap et gérerait les retombées plus tard. Lorsqu'ils seraient de retour à Monte Blanco, les choses seraient plus aisées. Livia ne serait pas autorisée à le quitter. À l'étranger, il lui était parfois difficile d'imposer ses volontés. À Monte Blanco, il exerçait un contrôle total. Tout se passerait donc bien.

— Tu veux boire quelque chose ? lui lança-t-il en se dirigeant vers le bar aménagé dans la spacieuse cabine.

— Non.

— Tu as raison. C'est un peu prématuré de l'imaginer, mais c'est vrai qu'après tout, tu pourrais porter mon enfant.

Il n'avait pas utilisé de protection.

— Oh…

L'unique syllabe échappée des lèvres de Livia résonna comme un signal de détresse.

— Tu n'avais pas envisagé cette éventualité, en décidant de fuir ?

— Je n'y avais pas pensé, non.

— Bien sûr. Tu manques d'expérience. Mais sache qu'il est possible que tu portes déjà en toi l'héritier de la couronne. Ça n'est pas à prendre à la légère.

— Tu le savais. Tu n'as pas mis de préservatif.

— Quel besoin ? Ton désir avait valeur d'assentiment.

— Non. Non, Matteo ! C'est ton ego qui parle. Ce n'est pas parce que j'avais envie de faire l'amour avec toi que j'étais prête à passer toute ma vie à tes côtés.

— Mais ce sera un mariage royal, petite souris ! Au cas où tu n'aies pas compris, cela veut dire que tu pourras choisir de m'éviter au maximum, si tel est ton désir.

— Pourquoi moi ? interrogea-t-elle. Tu aurais pu demander à n'importe qui. N'importe quelle femme aurait accepté avec…

— C'est de toi que j'ai besoin, l'interrompit-il, plus brusquement qu'il ne l'avait escompté. Je ne sais pas comment être un homme sans toi. Tu fais partie de ma vie et je ne sais plus faire autrement. Je le pressentais déjà, alors même que mes fiançailles n'étaient pas encore rompues. Tu es ce dont ce pays a besoin. Le pays a plus besoin de toi que de moi, Livia.

Les paroles de Matteo étaient d'une sincérité absolue, Livia ne pouvait l'ignorer.

— Non, Matteo, tu n'as pas besoin de moi. Pas de cette manière.

La rebuffade, après ce discours honnête qui l'avait lui-même surpris, mit Matteo en rage.

— Livia, regarde-nous ! Regarde la situation dans laquelle tu es. Tu sais que je suis un monstre, mais un monstre qui te désire et qui ne laissera personne d'autre que lui te dévorer. C'est simple à comprendre.

— Tu es un goujat entêté, ça d'accord, mais ça ne fait pas de toi un monstre. Tu te crois monstrueux, tu n'es que le fruit de tes prérogatives royales. Mais ton cœur doit bien admettre que j'ai droit à une vie à moi, non ? Une vie qui ne se résume pas à l'obéissance…

— Celle que je t'offre a des ramifications qui s'étendent plus loin que tu ne peux l'imaginer. Pas parce que je serai ton époux, non, mais parce que tu seras la reine. Pense à tout ce que tu pourras accomplir.

— J'ai déjà beaucoup fait, rétorqua faiblement Livia. Je pensais que maintenant je pourrais me contenter de vivre.

La tristesse qui émanait de sa voix plana un instant entre eux. Livia semblait lasse de se battre.

— Certaines personnes ne sont pas destinées à une vie sans histoire, finit par répondre Matteo. Elles sont vouées à la grandeur. C'était écrit depuis le début, Livia.

Leur parcours jusqu'à ce moment lui semblait tracé. Inévitable.

— Tu es destinée à devenir ma reine, reprit-il, et ce, depuis ta naissance. Le chemin a été difficile, mais je suis persuadé que tu es née pour cela. Depuis le début, l'Univers t'a choisie. C'est pour cela que je t'ai vue ce soir-là, à moitié morte de froid, alors que je conduisais. C'est pour cela que tu m'as suivi… Ton destin était d'arriver au palais et de le transformer, comme le destin de Violet et de Javier était de tomber amoureux l'un de l'autre. De grandes choses t'attendent, Livia. Des choses plus belles que te contenter simplement de vivre.

Une larme roula sur la joue de Livia.

— Comme c'est ambitieux, ce programme, pour une vie qui ne t'appartient pas…

— Ambitieux ? Je ne crois pas. Tu es quelqu'un d'exceptionnel. Pourquoi vouloir rester ordinaire ?

— Je n'ai jamais été ordinaire avec la vie que j'ai menée, lança-t-elle avec un sourire amer. Parfois, j'aimerais l'être… Être autre chose que celle qui s'est battue pour survivre, qui n'allait pas à l'école, ramassait les livres qu'elle trouvait dans les poubelles et demandait autour d'elle quels sons faisaient les mots inscrits… Être autre chose que cette fillette, d'abord éberluée que sa mère consente enfin à l'emmener au carnaval et qui découvrait, encore étourdie de lumières, de sucre et de musique, qu'elle n'avait plus de mère à ses côtés… Autre chose que la petite fille têtue qui ne voulait pas se résigner à l'abandon, qu'on avait dû mettre dehors le soir, qui était revenue le lendemain chercher celle qui ne pouvait pas l'avoir laissée là, livrée à elle-même… L'enfant perdue qui ne pouvait même pas aller voir la police puisque, sous le règne de ton père, c'étaient les militaires qui régnaient en maîtres et que je savais qu'ils n'aimaient pas les miens…

Matteo détestait le regard vide qu'elle promenait autour d'elle et qui le faisait se sentir moins qu'un roi, moins qu'un homme. Il haïssait son impuissance à la soulager. Mais peut-être y avait-il un moyen d'effacer ce traumatisme, ou tout du moins de le dépasser…

— Ta mère…, dit-il. Voilà qui lui montrerait… Te voir reine… Elle le saura. Elle te reconnaîtra. Si tu racontes ton histoire, l'histoire de cette petite fille abandonnée qui est devenue reine, elle l'entendra. Elle saura qu'il s'agit de toi. Celle qui te disait de garder les pieds sur terre, de ne pas rêver à autre chose que ta condition, qui t'apprenait à ne pas trop vouloir, verra que tu as le pays à tes pieds. Qu'est-ce que tu en penses ? Ce serait une belle revanche, non ?

— Oui… Sans doute… Mais rien de tout cela ne justifierait une vie à tes côtés…

Livia devait avoir la gorge serrée car toute parole semblait réclamer un effort.

— Tu ne penses pas qu'on pourrait être heureux, tous les deux ?

— Je ne sais pas, Matteo.

— Qu'est-ce que tu comptais faire, de toute façon ? Rester mon assistante à vie, ne pas te marier ?

Elle lui jeta un regard épuisé.

— Je suis fatiguée, Matteo. Je ne veux pas être assommée de questions… Laisse-moi tranquille !

Elle se recroquevilla dans son siège et enfouit le visage entre ses bras. Matteo n'aurait su dire si elle dormait ou non, mais elle le laissait à la porte de son univers. Elle le rejetait… Après une dernière heure de vol, l'appareil se posa sur la piste proche du palais. Matteo attendit que l'avion s'arrête sur le tarmac pour la réveiller. Livia lui décocha un regard furieux et ne fit pas mine de bouger.

— Nous y sommes, Livia. Tu es bien consciente que je n'hésiterai pas à te porter jusqu'à l'intérieur du palais si…

— Je crois que tu vas être obligé de le faire, oui. Au moins, comme ça, tout le monde sera au courant de mon désaccord.

— Si tu crois que cela me fait peur, petite Minnie, c'est que tu me connais moins bien que tu ne le clames. Toi qui prétends me comprendre… Tu ne vois que la partie la plus civilisée de moi, celle que tu as aidée à mettre sur pied. Mais tu ne me comprends pas vraiment. J'ai senti le tranchant des lames dans l'obscurité. On m'a fait endurer des douleurs insurmontables. Tu n'as pas idée de l'humiliation qui vient avec ce genre de torture. Être la toile sur laquelle ton père brosse le portrait du chaos… Mais je n'ai jamais cédé à son désir de me voir pleurer. Je ne lui ai jamais donné cette satisfaction-là, ni les cris qu'il exigeait. Quel psychopathe… Je sais qu'il en retirait du plaisir. Mais j'ai tenu. Et tu crois savoir d'où je viens ? Tu crois savoir ce qui me motive, ce qui me fait flancher ? Tu penses que je me couvrirais de honte à te porter à l'intérieur du palais ?

Il laissa échapper un rire sans joie, avant de se saisir d'elle et de la porter comme une enfant entre ses bras, tandis que la porte de l'avion s'ouvrait.

La limousine royale les attendait sur le tarmac et il déposa Livia à l'arrière, avant de monter à l'avant. Il ferma soigneusement la vitre qui séparait les espaces intérieurs et elle put ronger son frein tout à son aise pendant les quelques kilomètres qui les séparaient du palais.

Puis il la chargea sur son épaule et entra au palais d'un pas décidé, alors que le personnel détournait pudiquement le regard. Matteo l'emmena jusqu'à sa chambre.

— Je reviendrai, car nous devons avoir une conversation. Tu as le temps de te changer et de te reprendre. Le personnel a reçu l'instruction de ne pas te laisser partir. Je te conseille de ne pas le tester. Tu ne quitteras ni le palais ni le pays.

Sans un mot de plus, il sorti de la chambre pour se rendre dans le bureau de son frère.

Javier travaillait, tandis que Violet, assise à ses côtés sur une causeuse, feuilletait un album photo.

— Je suis de retour, lança Matteo.

— Je vois ça, répondit Javier.

Violet leva les yeux vers le nouveau venu.

— Vous étiez parti ?

— J'ai ramené Livia.

— Ah oui ? s'étonna Javier.

— Oui. Nous allons nous marier.

— Elle a accepté ? demanda Violet.

— Pas exactement.

— Comment ça, pas exactement ? interrogea Javier.

— Oh ! J'avoue que je l'ai emmenée de force. Elle est enfermée dans sa chambre en ce moment et j'ai donné instruction au personnel de ne pas la laisser sortir. Elle est aussi interdite de vol.

— *Madre de Dios*, soupira Javier. Tu sais que tu ne peux pas faire ça.

— Et pourtant, répondit Matteo, flegmatique, il semble bien que je l'aie fait.

— Ce n'est pas la meilleure façon de commencer un mariage, fit remarquer Violet.

— C'est comme ça qu'a débuté le nôtre, fit remarquer Javier en toussotant. Par un enlèvement.

— Et tu t'en vantes ? gronda Violet.

— C'est ainsi que notre famille a l'habitude de régler les problèmes, avoua Javier d'un air piteux.

— Vous ne préférez pas parler de vos sentiments, plutôt ? fit Violet à l'adresse des deux frères.

Matteo et Javier échangèrent un regard, avant d'éclater de rire.

— Ce serait ridicule, commenta Matteo. On ne fait pas ça chez nous.

— Parfaitement ridicule, confirma Javier. Sans objet.

— Mais toi et moi, nous parlons tout le temps de nos sentiments, protesta Violet en regardant l'élu de son cœur.

— Avec toi, je le fais, bien sûr, lui accorda Javier, mais je préférerais me couper la langue plutôt que d'avoir à discuter de ce genre de choses avec mon frère.

— Et moi, je n'en ai pas, des sentiments, affirma Matteo.

— C'est impossible, voyons ! Si vous n'aviez pas de sentiments, vous ne vous seriez pas donné tout ce mal pour aller chercher Livia et la ramener au palais !

— C'est, de manière évidente, le meilleur choix pour la couronne, répondit Matteo. Elle est plus fine diplomate que vous ne le serez jamais vous-même, Violet. Sans vouloir vous offenser, bien sûr.

L'intéressée lui renvoya un sourire crispé.

— Et elle m'est indispensable au quotidien, poursuivit Matteo. J'attends donc, bien sûr, votre soutien le plus total dans cette affaire.

— Désolée, mais moi, je ne soutiendrai pas l'enlèvement de votre assistante, répondit Violet.

— Moi non plus, renchérit Javier.

— Il le faut, répondit Matteo en se tournant vers son frère. Tu as bien enlevé Violet toi-même. Regarde comme les choses ont tourné pour vous deux.

— Mais nous, nous sommes amoureux, Matteo. C'est différent.

— Livia avait l'intention de rester au palais, de garder son poste d'assistante. C'est cette demande en mariage qui l'a perturbée. Allez savoir pourquoi…

— Peut-être parce que vous pouvez être assez impossible à vivre ? suggéra Violet d'une voix douce. Un trait familial, ne trouvez-vous pas ? ajouta-t-elle en se tournant vers son mari, qui piqua un fard.« Il est vrai que… Enfin, ce n'est pas de mon époux dont il est question à présent, Matteo. Notre histoire avait mal commencé, elle s'est bien terminée, mais je ne recommande pas vos méthodes. »

— Quoi qu'il en soit, Livia est ici et le mariage aura lieu. Elle verra vite tout ce qu'elle a à y gagner.

— Mais quand elle devra répondre à la fameuse question, à l'église, tu comptes faire quoi si elle dit non ? demanda Javier.

— Je suis le roi. Je pourrais rédiger une déclaration qui fait d'elle ma femme et la signer sans autre forme de procès.

Il aurait pu le faire, oui… mais il s'en serait voulu. Cela relevait d'un despotisme qu'il avait connu de près. Non, il ne maltraiterait pas Livia, bien au contraire. Il la traiterait comme une reine. Ce qu'elle serait. Il n'avait aucune raison de culpabiliser. Aucune. Il fallait qu'il maintienne le cap.

— Je m'excuse, répondit Javier, mais je ne te laisserai pas faire. Je suis la deuxième autorité de ce pays, je dirige ton armée et je n'avaliserai pas un mariage qui n'a pas le consentement de la principale intéressée.

— Et alors quoi ? Tu feras un coup d'État ?

— Sans hésitation. Si cela permet d'empêcher un conflit

bien plus grave, celui que tu entretiens contre toi-même. Tu ne veux pas être ce genre de roi, Matteo.

Matteo gronda.

— Tu ne sais pas ce que je veux.

Il pivota sur ses talons et quitta la pièce pour retourner dans la chambre de Livia. Celle-ci poussa une exclamation lorsqu'il ouvrit en grand la porte, et elle plaqua le T-shirt qu'elle tenait à la main contre sa poitrine dénudée.

— C'est un peu tard pour jouer les prudes, fit-il observer, moqueur.

— Qu'est-ce que tu fais ici, Matteo ?

— Je suis ici pour te parler du mariage.

Livia poussa un grognement et lui tourna le dos pour enfiler le T-shirt. Matteo la contourna pour se retrouver face à elle. La colère semblait la submerger.

— Sois raisonnable, dit-il.

— Pourquoi devrais-je t'épouser ? fit-elle en levant un menton provocateur.

À cet instant, malgré toutes les raisons qu'il aurait pu invoquer, Matteo n'en vit qu'une seule. Une seule et unique raison qui résonnait en lui comme l'écho d'un destin.

— Parce que je te veux.

Le masque de la colère sur le visage féminin se fissura et un sanglot résonna dans la pièce tandis que Livia se jetait dans ses bras.

10.

C'était de la folie. Un désastre. Et elle ne pouvait pas lutter. Car la raison que lui donnait Matteo, pour brutale et crue qu'elle soit, était la première qui trouvait un écho en elle.

Oh oui, elle avait été tentée quand il lui avait demandé si ça lui plairait que sa mère sache qu'elle était reine. Elle était humaine, après tout. Et c'était vraiment une tentation pour celle qui avait passé tant de nuits à se demander comment elle pourrait prouver à sa mère qu'elle s'en était très bien sortie sans elle.

Matteo l'avait deviné. Il avait trouvé le moyen de percer sa carapace et d'aller droit à son point faible. Il était habile dans ce domaine, malheureusement…

Et elle, avait-elle cru pouvoir coucher une fois avec lui et tourner la page ?

Quelle sotte ! Enlèvement ou pas, elle était trop attachée à lui.

Oh ! Elle avait bien protesté haut et fort au moment où il l'avait jetée sur son épaule ! Mais ses cris ne venaient pas du fond du cœur… Car, à la vérité, s'il l'avait simplement prise par la main, elle l'aurait suivi dans cet avion. Parce qu'elle n'était qu'une femme et qu'elle aimait cet homme depuis longtemps. Elle avait dû se contraindre à fuir le pays pour ne pas capituler devant lui et cela avait été une souffrance.

Mais il était venu la chercher. Elle l'avait fui et il l'avait retrouvée. Alors elle avait cédé. Elle ne lui avait plus opposé de résistance. Et elle s'était raconté des tonnes de mensonges.

Mais à présent, alors qu'elle était dans ses bras, elle voyait bien que toutes ses justifications étaient mensongères.

Tout ceci n'était qu'une farce. Comme si elle allait lui dire non ! Elle l'aimait bien trop pour cela. Et ce qui lui arrivait était bien trop proche de ses rêves les plus fous. Car elle ne retrouverait pas sa famille. Elle n'avait jamais revu sa mère. Elle ne connaissait pas son père. Elle avait passé des années dans la peur et le besoin, et voilà que lui… Eh bien, il lui proposait de devenir reine. Il lui demandait sa main, même s'il ne lui offrait pas son cœur. Donc elle l'embrassait. Comme si elle était en train de se noyer et qu'il était le seul à pouvoir la sauver. Elle l'embrassait comme si sa vie en dépendait et, en cet instant, il semblait bien que ce soit le cas.

Elle l'embrassa jusqu'à ce que les mains de Matteo aient allumé en elle un brasier qui consuma toutes ses incertitudes. Cela faisait des années qu'elle le connaissait, qu'elle l'aimait. Mais elle sentait qu'il y avait encore des parts d'ombre en lui, des recoins de son être qu'elle n'avait pas approchés. Et elle voulait les connaître. Elle voulait tout connaître de lui. Pour le meilleur et pour le pire.

— Accepte ! gronda-t-il contre sa bouche.

— D'accord, dit-elle en sentant les larmes rouler sur ses joues.

Elle avait perdu. Elle avait perdu la bataille qu'elle se livrait à elle-même, mais si elle l'avait gagné, lui, Matteo. C'était bien, non ? Au final, c'était mieux ?

Elle en avait assez de lutter. De vouloir sans avoir, de vivre dans un état de privation permanent. Alors oui, l'idée d'être sa reine, sa femme, devenait séduisante, même s'il fallait se passer de conquérir son cœur. Une vie sans Matteo, c'était impossible. Pas après neuf ans à l'avoir désiré, à avoir eu besoin de lui sans jamais pouvoir satisfaire ce besoin… Cela l'avait épuisée. Et si elle ne pouvait l'avoir maintenant, toute cette attente aurait été vaine. Alors, oui, elle y perdait, mais peut-être n'était-ce pas si mal de déposer les armes.

Elle se souvint du moment où il lui avait tendu la main dans cette rue froide. Elle était si jeune alors… Dix-sept ans, seule et sans toit. Comment aurait-elle pu refuser ? Cela aurait été de la folie. Eh bien, n'était-ce pas la même chose aujourd'hui ? Parfois, il fallait savoir prendre la main tendue, même sans savoir où cela mènerait. Parce qu'autrement on n'avançait jamais, ce qui revenait à mourir.

Peut-être se construisait-elle une justification a posteriori, songea-t-elle, mais ce n'était pas grave. L'essentiel était qu'elle ne pouvait pas tourner le dos à Matteo. Et, plus important encore, qu'elle ne le voulait pas !

Donc, elle l'embrassait à ne plus pouvoir respirer. Elle se délectait du goût de sa bouche, de son corps magnifique qui lui offrait l'abri qu'elle n'avait jamais eu.

Il lui donnait tant… Bien plus que ce qu'elle aurait pu espérer dans ses rêves les plus fous. Pourquoi fallait-il qu'elle cherche toujours à tout avoir ?

Peut-être parce que, pendant longtemps, elle n'avait rien eu, à part sa volonté de survivre. Être reine devrait lui suffire, non ?

Elle se montrait stupidement égoïste. Elle chevauchait des chimères.

Parce qu'il suffisait qu'elle regarde Matteo pour, tout d'un coup, croire aux miracles ?

Elle n'aurait jamais mieux que ce qu'il lui offrait là. Elle n'avait pas besoin de plus.

Matteo la débarrassa de ses confortables vêtements et elle le déshabilla à son tour. Cette fois, elle put l'admirer dans sa nudité. Elle n'en avait pas eu le loisir la veille. La veille, ils avaient été dans la frénésie. Cela avait été comme la fin d'une époque.

Alors qu'aujourd'hui, c'était un commencement. C'était comme une promesse, qu'elle lui faisait à lui, mais qu'elle se faisait également à elle-même.

Elle serait reconnaissante de ce que le destin lui réservait, elle ferait de son mieux avec les atouts dont elle disposait.

Car c'était un vrai miracle. À quoi aurait-il servi de s'en détourner ?

Matteo l'allongea sur le couvre-lit de velours qu'elle aimait tant et qu'elle avait laissé là quand elle était partie pour Paris. Peu lui importait alors d'abandonner derrière elle tant de choses qu'elle aimait, puisqu'elle quittait le seul homme qui ait su l'émouvoir.

Puis Matteo couvrit son corps du sien.

Elle caressa son dos musclé, suivant du bout des doigts ses cicatrices ourlées. Et quand il se releva, elle caressa aussi les cicatrices de son torse, suivant le chemin que le couteau de son père y avait tracé. Elle les embrassa, comme si ce contact pouvait les guérir. Comme si l'amour qui brûlait en elle pouvait effacer le passé.

Il aurait été plus simple de ne pas aimer cet homme. Elle savait que Javier et Matteo étaient proches à la façon de frères, sans effusion aucune, sans démonstration d'affection. Elle-même était la seule qui pourrait aimer Matteo, comme elle le faisait en cet instant, et elle ne devait rien retenir.

Elle devait l'inonder de son amour. Car ne lui avait-il pas offert une sécurité, ici, au palais, dont elle n'aurait jamais osé rêver ? Elle avait passé des années à s'efforcer de mériter sa chance, mais peut-être suffisait-il de s'en montrer reconnaissante ? Et Livia l'était, immensément. Elle avait envie de rendre ce qu'elle avait reçu.

Elle aurait tout donné pour pouvoir guérir Matteo, non seulement de ses cicatrices, mais de la dureté de son cœur.

Pourtant, elle se contenterait de le sentir frémir sous les caresses qu'elle lui prodiguait, de voir son excitation grandir sous l'action de ses mains et de sa bouche.

Elle traça de ses lèvres un chemin brûlant sur son torse jusqu'à son intimité la plus masculine. Glorieuse. Superbe.

Elle n'était pas préparée à trouver aussi beau un corps d'homme, et pourtant celui-ci était une œuvre d'art. Taillé dans le roc des montagnes de ce pays, durci au feu des épreuves.

La faiblesse était ce qu'il redoutait le plus. Pas la douleur, la mort ni la défaite, non : la faiblesse.

Celle que son père avait instillée en lui, même si Matteo ne s'en rendait pas compte. Il l'avait privé de la capacité de ressentir des émotions. Car il lui avait fait croire que ces dernières constituaient la plus grande des faiblesses… Et Matteo en était venu à se méfier de la bonté qui l'habitait. Quand on avait été éduqué par un monstre, pouvait-il en être autrement ?

Elle aussi avait douté de sa propre valeur, de son mérite à cause de l'abandon maternel. Et cela faisait mal.

Il était impossible d'oublier un tel traumatisme, de décider de ne plus en souffrir. Ce qui était possible, en revanche, c'était cela : le désir qu'elle éprouvait pour Matteo. Et c'était facile de le lui montrer. Car il pouvait le comprendre et s'autoriser à le ressentir. Elle laissa courir sa paume sur le sexe dur et se permit de savourer chaque seconde de ce moment magique.

Matteo était un homme merveilleux, un miracle. Elle ne pouvait le lui dire autrement que par le toucher. Par la main qui parcourait sa virilité, qui la pressait doucement. Il était exceptionnel à ce niveau-là aussi et elle aurait pu s'en inquiéter la première fois, si elle l'avait regardé de plus près. Mais n'était-il pas un être exceptionnel en toutes choses ?

Son odeur masculine l'envoûtait, l'incitant à une exploration plus poussée. Elle pressa les lèvres contre la douceur ferme de sa peau, eut envie de le goûter et le prit dans sa bouche. Il tressaillit et elle prit le contrôle, décidant de leur plaisir commun. Lui, de son côté, testait la moiteur entre ses cuisses et l'intensité du désir qu'elle avait de lui. Il glissa deux doigts en elle alors qu'elle continuait sa caresse et elle gémit sourdement, ce qui déclencha un grondement chez Matteo. Il la fit remonter vers lui.

— Viens, ma souris. Chevauche-moi !

Le cœur battant à tout rompre, elle s'exécuta, sentant l'érection brûlante pénétrer dans sa féminité, qui le gaina lentement. Alors qu'il l'emplissait, elle rejeta la tête en arrière et soupira de plaisir à l'unisson avec lui.

— Montre-moi ! Montre-moi ce que tu veux, Livia, reprit-il.

Elle remua les hanches, doucement d'abord, puis trouvant peu à peu son rythme, alors que le plaisir montait en elle. Elle avait besoin de lui à en hurler et la friction moite de leurs intimités la rendait folle. Il parut soudain abandonner tout contrôle et se projeta en elle, s'arquant pour mieux la combler d'un mouvement presque féroce. Les muscles internes de Livia se mirent à pulser autour de lui, un cri de délivrance lui échappa, qu'elle ne chercha pas à retenir car elle voulait qu'il sache, qu'il comprenne à quel point l'intensité de leur union la bouleversait.

Le grognement sauvage de Matteo fit rapidement écho au sien. Il lui enserrait les hanches à lui faire mal.

Elle en garderait peut-être la marque. Tant mieux. Elle voulait porter la trace de leur amour. Elle voulait en être transformée. Car elle avait désiré tout ceci, et depuis tant d'années !

Quand ce fut terminé, elle s'allongea contre lui, épuisée, la respiration entrecoupée, et posa la tête sur sa poitrine.

Elle se sentait… heureuse.

Car, bien que leur relation soit imparfaite et qu'ils soient eux-mêmes imparfaits, il y avait là une satisfaction profonde qu'elle n'avait jamais connue.

— Tu as besoin de quelque chose ? demanda-t-il d'une voix encore rauque.

Un sourire étira les lèvres de Livia.

— D'un café.

Et voilà comment elle se trouva nue, au lit, en train de boire un café avec Matteo, comme en écho à la nuit où elle était entrée dans sa chambre à la suite des cauchemars qu'il avait faits.

C'était un soulagement, cette relation toute simple, après les affrontements des jours précédents et l'attitude autoritaire de Matteo. Enfin il se montrait humain ! Livia aimait aussi son côté plus grand que nature, cela faisait partie de son charme, après tout… Enfin, le mot « charme » était peut-être un peu exagéré, dans ce cas. Mais cela faisait partie de lui, de cet homme qui était presque l'égal d'un dieu. Un roc. Une montagne. Mais un homme, aussi…

— Quand tu étais enfant, dit-il en lui caressant doucement le bras, de quoi rêvais-tu ? Avant les cauchemars, avant… tout ce qui a suivi. Quels étaient tes rêves les plus fous ?

— Je rêvais d'aller à l'école, de vivre dans un monde où je n'aurais plus à craindre le roi, où nous n'aurions pas à nous cacher des soldats.

— Si tu savais comme je suis désolé…

— Ce n'est pas de ta faute. Au contraire : grâce à toi, les miens sont plus libres qu'ils ne l'ont jamais été.

— Et tu continueras mon action dans ce sens, j'en suis persuadé.

— Je l'espère. J'ai la ferme intention d'être une bonne reine.

— Cela veut dire que tu acceptes de m'épouser, ça !

— Avoue que tu en étais persuadé depuis le début !

— Détrompe-toi, fit-il d'une voix douce. Je m'interrogeais. Le problème avec toi, Livia, c'est que je n'ai jamais été capable d'anticiper ce que tu allais faire. Tu es une intarissable source de surprises, petite souris… La seule personne capable de me surprendre. Les autres, j'ai appris très jeune à les démasquer, quel que soit le visage qu'ils montrent. Mon père cachait bien quel pervers il était. Sans le prendre pour un roi débonnaire, personne n'aurait pu deviner qu'il se plaisait à torturer son propre fils.

— Non, c'est sûr… Tout le monde devait penser qu'il te protégeait jalousement, puisque tu étais son héritier…

— Peut-être était-ce ainsi qu'il se voyait, comme un protecteur qui me formait pour faire de moi un souverain endurci capable de tout affronter. Quoique j'en doute un peu…

— Et tes rêves à toi, Matteo ?

— Je n'en avais pas. Je suis né dans l'obscurité et j'avais l'impression que cette nuit durerait toute ma vie. Qu'aucune échappatoire n'existait. Après tout, c'est bien le sang de mon père qui coule dans mes veines ! Et il me répétait sans relâche que je serais un roi pareil à lui. Il ne se cachait pas de vouloir me modeler à son image, suivant en cela l'action de son père et du père de son père avant lui. Alors, pourquoi aurais-je été différent ? Je savais pourtant que j'avais un choix à faire, j'étais déterminé à suivre une autre voie, car j'avais vu les souffrances de mon peuple et je les partageais. Donc, j'ai caché mon jeu. Je n'ai rien laissé filtrer qui puisse laisser croire que j'étais différent. Et puis, quand mon tour est venu d'agir, j'ai commencé les changements. Mais tu avais raison, je ne savais pas communiquer avec mon peuple. Je ne le sais toujours pas vraiment, d'ailleurs : toute ma vie, j'ai dû cacher ce que je ressentais. Car ce que mon père voyait, il l'exploitait à son profit. Ce qu'il touchait, il l'abîmait, et ce qu'il combattait, il l'abattait. Je ne pouvais pas me permettre le luxe de la transparence.

— Mais comment as-tu pu imaginer qu'on pouvait vivre et penser autrement que ton père ? Tu étais tellement conditionné…

— Je pourrais te retourner la question, Livia. Tu ne savais rien de l'éducation dont tu rêvais, tu n'avais aucun moyen de connaître ton propre potentiel. Et te voilà aujourd'hui sur les marches qui mènent au trône. Tu n'avais aucun moyen de prévoir tout cela, et pourtant tu as osé rêver d'une situation meilleure, tu t'es battue pour tenir bon, sans même savoir si tu pourrais un jour accéder à une autre réalité que celle de la rue. Cela devait être épuisant de lutter ainsi au quotidien, simplement pour avoir le droit de vivre un jour de plus…

— C'est vrai… Mais je ne rêvais pas seulement de cette autre réalité, je rêvais aussi de bonbons, de gâteaux, d'une vie où j'aurais de jolies robes et des goûters d'anniversaire. La première fois que l'on m'a fêté mon anniversaire, c'était au palais et c'était magique… Je voulais tant de belles choses quand j'étais à la rue que je m'inquiète.

— De quoi ?

— Du fait que mon désir d'être reine soit en partie motivé par l'envie qu'on me chouchoute, que je dispose de tout le confort, que j'aie toutes les robes que je veux… et une sexualité épanouissante aussi. C'est égoïste, non ?

— Certainement pas, quand on a été privé de tout.

— En tout cas, tu connais mes craintes, à présent. Je ne suis que trop humaine.

— Tu es l'être humain le plus fantastique qui soit.

— Merci, Matteo, fit-elle en se sentant rougir. Et… Les enfants ?

— Je dois en avoir.

— Bien sûr. Mais tu m'as si souvent dit que tu avais un cœur de pierre, que tu ne ressentais aucune émotion suite à ce que tu avais vécu… Je le comprends très bien, mais…

Elle ne l'acceptait peut-être pas, mais elle le comprenait, même si elle trouvait cela terriblement injuste.

— Mais je te parle de *nos* enfants *à nous*, reprit-elle.

Elle aurait voulu pleurer. Il lui fallait intégrer le fait qu'elle aurait un jour des enfants avec Matteo, alors qu'auparavant elle n'osait même pas rêver d'en avoir… C'était merveilleux, bouleversant et terrifiant à la fois.

— Je serai bon avec eux, ne t'en fais pas. Je leur montrerai le droit chemin, et toi, Livia, qui a été la seule à t'occuper vraiment de moi, tu seras la meilleure des mères. J'étais trop jeune quand la mienne a disparu de ma vie et je n'en garde aucun souvenir. Je ne sais même pas ce qu'elle a pu devenir… Mais toi, tu seras là pour nos enfants, c'est un cadeau qu'aucun de nous deux n'a reçu. Et c'est amplement suffisant pour moi.

Livia sentait son cœur sur le point d'éclater. Elle savait qu'il fallait qu'elle se protège, qu'elle reste sur ses gardes, mais elle en était incapable. De ces instants, elle voulait profiter à fond, savourer chaque seconde, ne rien laisser perdre…

— Je ferai de mon mieux pour leur donner ce dont nous avons été privés, toi et moi.

— Alors nous allons nous marier très vite, fit-il résolument.

— Très bien.

— Je vais retourner dans ma chambre à présent.

— Oh non, Matteo ! l'implora-t-elle. Reste avec moi !

Il la regarda de ses yeux sombres, insondables, et soudain elle y lut une émotion si profonde, si sincère qu'elle en était presque insoutenable.

— Être mariés ne veut pas dire que nous avons à partager la même chambre, déclara Matteo. Les mariages royaux ne fonctionnent pas sur ce schéma.

— Eh bien, moi, j'aimerais que nous dormions ensemble. Qu'en penses-tu ?

— Je me plie à ton souhait. Viens ici, ma reine, fit-il en lui prenant des mains la tasse de café pour la poser sur la table de nuit.

En se donnant à lui, Livia songea qu'être la reine Minnie ne serait peut-être pas si mal, tout compte fait.

Matteo se réveilla dans la nuit, haletant et en nage. La douleur était insupportable. Toutefois, il y eut tout de suite des mains fraîches sur son corps, des lèvres douces sur ses cicatrices.

Jamais encore, il n'avait dormi avec une femme. Jamais. À cause de cela même. Mais Livia était là et elle le réconfortait. Livia. Sa souris. Sa reine…

Elle l'apaisait comme elle seule savait le faire, depuis le tout début. C'était une faiblesse, peut-être, d'avoir autant besoin d'elle, mais peu importait. Il était trop absorbé par ses caresses, par les mots tendres qu'elle lui murmurait entre deux baisers, pour se soucier de ce qui était faiblesse ou pas. Il l'attira à lui et l'embrassa avec toute l'intensité de l'émotion nouvelle qui montait en lui. Était-ce bien réel ? La nuit, il avait parfois rêvé de ressentir une émotion aussi pure. De jour, il fallait qu'il soit roi, avec un roc à la place du cœur.

Mais dans l'obscurité, les frontières pouvaient se brouiller. La douceur de Livia les dissolvait. Sa Livia. Sa reine. Car il n'y avait jamais eu qu'elle. Il n'aurait pu en épouser aucune autre.

Dans cet entre-deux, à mi-chemin entre rêve et réalité, cette vérité lui apparaissait si clairement tout à coup ! Livia lui retournait son baiser avec la même fureur désespérée que celle qui l'animait. Et quand il plongea en elle, quand il fut accueilli dans son intimité, l'obscurité recula. Soudain, tout fit sens dans son esprit. C'était tellement évident qu'il en eut le souffle coupé. Livia avait les réponses. Peut-être depuis bien longtemps, depuis cette nuit où elle était venue vers lui dans sa chambre.

Livia. Sa femme.

11.

Matteo fit apporter les affaires de Livia dans ses appartements et, dorénavant, ils firent chambre commune.

Les préparatifs du mariage avançaient. Livia était au centre des préoccupations de tous et ne pouvait s'empêcher d'en ressentir un certain inconfort, presque un malaise. Elle avait tellement l'habitude de se fondre dans le décor ! Cela n'allait plus être possible…

Matteo avait officiellement annoncé à son peuple que Livia allait devenir sa reine. Les dés en étaient jetés depuis l'instant où elle avait dit oui. La jeune femme aurait pu être déçue d'elle-même, d'un tel abandon de ce qu'elle avait toujours prôné, si elle n'avait eu tant de raisons d'en être heureuse.

Elle était assise dans la salle à manger, savourant un expresso, lorsque Violet entra. Violet, qui serait bientôt sa belle-sœur. Violet, à qui elle en avait tant voulu à une époque. C'était étrange, comme les choses avaient évolué ! Au fond, Livia savait qu'elle l'avait appréciée presque tout de suite, mais la jalousie qu'elle éprouvait alors l'empêchait de s'en rendre compte. Une jalousie qui s'était d'ailleurs évaporée très vite, lorsqu'elle avait vu à quel point Violet aimait Javier. Il leur avait été facile, par la suite, de devenir amies.

— Bonjour ! lança Violet. Alors, ces préparatifs, ça avance ?

— Oui, mais il reste tant à faire !

Une femme de chambre s'approcha et Violet lui demanda une part de gâteau. Livia fit de même.

— Ça te fait quel effet ? demanda Violet lorsque la

domestique eut tourné les talons. Je veux dire… avoir occupé un emploi ici et puis, tout d'un coup, te retrouver propulsée au plus haut…

Livia ferma brièvement les yeux.

— Eh bien… En fait, ça ne s'est pas fait si vite. Je suis tout de même avec Matteo depuis neuf ans. Enfin… Pas avec lui, mais ici, au palais. Les choses ont évolué progressivement.

— C'est juste, acquiesça Violet. Moi, je n'étais pas au palais depuis longtemps lorsque, avec Javier… Pour nous, tout est arrivé si vite… contrairement à ce qui s'est passé pour vous deux.

Livia détourna les yeux.

— Tu sais, murmura-t-elle, je l'aime depuis longtemps…

— Tu dois être très heureuse, alors, tout est pour le mieux…

— Je ne suis pas sûre que tout soit pour le mieux.

— Mais pourquoi ? Tu vas l'épouser, tu te rends compte ?

— Oui, bien sûr.

Javier et Violet s'aimaient, eux. Matteo restait sceptique à ce sujet, mais Javier, lui, était bel et bien amoureux, à sa manière.

— Javier… n'a pas dû être toujours à l'aise avec ses sentiments, hasarda Livia.

— Non, on peut le dire. Matteo ne t'en a pas parlé ?

— Très peu. Il protège leur relation de frères. C'est le seul lien familial qui compte pour lui. Il aime profondément Javier, mais montrer ses sentiments lui est difficile.

— Oui, je m'en doute, fit Violet d'un air pensif. Je ne connais pas très bien Matteo, mais il m'a toujours paru plus souple que Javier, au niveau du caractère. J'ai presque regretté, au début, que ce soit Javier qui ait retenu mon attention, plutôt que son frère.

— Matteo le cache bien, mais il est si…

Livia s'interrompit. Elle pensait à ses cicatrices, à ses cauchemars. Toutefois, elle devait garder cela pour elle. C'était son histoire à lui, de quel droit en aurait-elle parlé ? Il n'était pas question de le trahir. Il y avait entre eux une confiance que nul autre ne pouvait partager.

— Tu es au courant, pour leur père, reprit-elle. Leur mère, elle, est partie avant même qu'ils aient eu la moindre chance de la connaître. Et le roi n'était pas quelqu'un de bon, c'est le moins que l'on puisse dire. Javier ne s'en rendait pas compte, mais Matteo, lui, le savait. Et pour se protéger, il a fait en sorte de bloquer toutes ses émotions. Rien ne devait pouvoir le toucher. Voilà pourquoi il paraît plus souple, plus facile à vivre. Il ne peut pas se laisser envahir par quelque chose d'aussi intense que la colère, par exemple.

De l'intensité, il y en avait pourtant bel et bien entre Matteo et elle, songea Livia. Des émotions puissantes, extrêmes… au lit, tout au moins.

— Il pense que c'est ainsi que doit se conduire un roi, déclara-t-elle.

— Je vois. Et donc, sa conception de l'amour est…

— Inexistante. À mon avis, il ne croit pas pouvoir en éprouver.

— Et toi ?

— Moi, je sais que je peux, affirma Livia avec un sourire.

— Tu es quand même heureuse de l'épouser ?

— Oui, bien sûr. Je ne voudrais pas qu'il en ait choisi une autre… Seulement, j'ai peur.

— Tu n'es pas obligée d'être sa reine, lui dit doucement Violet. Je sais qu'il le veut et je comprends que tu l'aimes, que tu le veuilles toi aussi, mais tu n'es pas obligée d'accepter dans ces conditions.

— Je serais trop malheureuse sans lui, dit Livia en soupirant. J'ai déjà essayé de partir, ça n'a pas duré longtemps.

— Mais tu mérites d'être aimée ! protesta Violet. Non seulement de donner de l'amour, mais aussi d'en recevoir !

— Matteo le mérite, lui aussi. Et personne ne peut l'aimer autant que moi.

— Il devrait pouvoir t'aimer comme tu l'aimes. Matteo

est mon beau-frère, j'ai beaucoup d'affection pour lui. Je sais que mon mari et lui ont été très malheureux dans leur enfance, mais il devrait pouvoir travailler sur ses sentiments. Dans son propre intérêt. Il n'est pas bon pour lui d'avoir tout ce qu'il désire, sans rien donner en échange.

— Matteo n'est plus tout à fait comme ça, il a changé, répliqua Livia, sur la défensive.

— Si tu le dis… Soyons claires, Livia ! fit Violet en lui pressant doucement la main. Je ne souhaite pas du tout que tu t'en ailles. Nous sommes devenues amies. Mais tu ne désirerais pas… quelque chose de plus ?

— On ne peut pas tout avoir.

Cette phrase-là, elle se l'était répétée toute la nuit.

— Ce n'est pas vrai, s'entêta Violet. Quelqu'un qui aime un homme comme tu aimes Matteo a le droit de tout exiger en retour. Peu importe ton passé, ou l'image de toi que les autres t'ont donnée, celle d'un être faible, insignifiant. Rien de tout cela n'était vrai. Tu ne dois pas te laisser imposer un destin. La seule qui peut te faire renoncer à tes rêves, c'est toi-même.

— Et si ce n'était pas un renoncement ? murmura Livia. Je veux dire… Je n'étais rien, une fille des rues. Il va faire de moi une reine et puis… et puis je l'aime.

— La vraie question est de savoir si tu dois, pour cela, l'empêcher d'aller au bout de ses sentiments. S'il était capable de t'aimer de la façon dont tu l'aimes, est-ce que cela ne vaudrait pas qu'il en fasse l'effort ? Peut-être même que cela le guérirait de ses traumatismes.

Que répondre à cela ? Livia n'avait pas la clé de la guérison de Matteo, elle le savait…

La femme de chambre revenait. Elle disposa les gâteaux sur la table et Livia attendit qu'elle soit sortie pour murmurer :

— Je veux l'épouser. Quel qu'en soit le prix.

— Dans ce cas, épouse-le, acquiesça tranquillement Violet.

— Tu avais l'air de dire que je ne le devrais pas.

— Je veux simplement que tu sois heureuse. Que vous le soyez tous les deux. Ce n'est pas à moi de te dicter ta conduite. Ce doit être mes hormones qui parlent, ne fais pas attention !

La présence de Violet était pour Livia une excellente raison de vouloir rester au palais. Elle allait avoir une belle-sœur qui serait aussi une amie. Sans parler des nuits de rêve qu'elle se promettait de partager avec Matteo. Elle allait avoir tant de choses…

Mais pas l'amour, hélas !

Peut-être que l'amour était surestimé. Peut-être n'était-ce pas si important, après tout…

Violet, avec sa mentalité d'Américaine, pensait que sa belle-sœur aurait dû se battre. Mais Livia ne devait-elle pas accepter de prendre ce qu'on lui offrait et s'en contenter ?

Les festivités préalables au mariage commenceraient le soir même. Tout ce cérémonial n'était pas du goût de Matteo, mais il ne voyait pas pourquoi il aurait dû changer le protocole, au risque de faire croire à Livia qu'elle ne méritait qu'une cérémonie au rabais.

Il n'avait pas vu sa future femme de toute la journée. On avait minutieusement, « royalement », apprêté Livia pour qu'elle apparaisse dans toute sa gloire lors de ce premier bal, drapée dans du satin, resplendissante et parfaite dans son rôle de future reine. Matteo était certain qu'elle en serait parfaitement digne.

Ce ne fut qu'au moment de partir pour le bal qu'il la vit enfin. Contrairement à l'habitude, ses longs cheveux étaient lâchés. Un maquillage discret illuminait son visage, sans en masquer la perfection. Un rouge à lèvres rose pâle rehaussait ses lèvres pulpeuses. Matteo avait beaucoup aimé son rouge à lèvres carmin de l'autre soir, mais il aimait aussi celui-ci.

La tenue qu'elle portait la mettait en valeur d'une façon fascinante. C'était une robe de satin vert sans bretelles, avec un décolleté plongeant sur ses seins glorieux. Matteo aurait aimé les recouvrir d'un voile pour que nul autre ne voie ce qui n'était qu'à lui.

— Bonjour, lança-t-elle avec une timidité qui ne lui ressemblait pas.

— Je préférerais t'emmener directement dans la chambre nuptiale plutôt qu'au bal, lui murmura-t-il.

Oui, il se promettait beaucoup de plaisir, à explorer les délices de ce corps sublime. Il la vit rougir et en fut ravi. Toutefois, le protocole les réclamait ailleurs et ils prirent le chemin de l'imposante salle de bal.

— Dire que j'ai si souvent frotté ces parquets ! fit Livia au moment où ils arrivaient, en poussant un soupir.

— Tu n'auras plus jamais à le faire, lui assura-t-il.

Plus jamais. Il allait élever cette femme jusqu'à sa position et la garder auprès de lui. Elle, si belle, si incomparablement belle, serait sienne à jamais.

À lui seul.

Les doubles portes s'ouvrirent devant eux et ils pénétrèrent dans la salle. Elle était déjà pleine d'invités aux tenues chamarrées et précieuses. On riait, on buvait, on dansait. Son frère était là, tout sourires, Violet à ses côtés, époustouflante dans une robe à la couleur de son prénom. Pourtant, Matteo ne pouvait imaginer cette femme à son bras. Il se félicitait que Javier et elle se soient trouvés. Cela lui permettait, à lui, d'avoir Livia.

Ils s'avancèrent, et un murmure monta de l'assistance. Même les domestiques les fixaient sans en avoir l'air.

C'était surtout Livia qu'ils regardaient.

Cela n'avait rien d'étonnant, bien sûr, puisqu'elle avait été des leurs et allait devenir leur reine. Il se demanda comment ils réagiraient. Ils feraient bien de s'y habituer rapidement. Au moindre murmure, de toute façon, il les ferait renvoyer sur-le-champ.

Livia avait suffisamment souffert au cours de sa vie pour ne plus avoir à connaître de contrariétés. Nul ne la rabaisserait.

Bientôt, il sentit que Livia se détendait et s'enhardissait. Il ne doutait pas qu'elle se ferait vite à sa nouvelle condition, il avait toute confiance en elle pour cela. Et il était davantage fier de sa reine qu'il ne l'avait jamais été de quiconque ou de quoi que ce soit.

Elle était incroyable, et elle était à lui !

Des officiels vinrent l'accaparer et Livia s'éloigna seule, accueillant les hommages d'autres personnalités. Il l'observa du coin de l'œil, tout en sachant que tout se passerait bien. Elle n'était pas timide et connaissait déjà la plupart des invités.

Mais soudain, elle poussa une exclamation. Un homme venait de la bousculer et de renverser le contenu de son verre sur son corsage et sur le sol.

— Oh… ! balbutia-t-elle. Je…

— Vous n'aurez qu'à essuyer vous-même, lui lança l'homme. Vous avez l'habitude, après tout !

En deux enjambées, Matteo fut sur lui. Le sang battait violemment à ses tempes.

— Nettoyez cela immédiatement ! ordonna-t-il d'un ton sec en désignant le liquide sur le parquet. Qui êtes-vous ?

— Je suis journaliste au *Monte Blanco Presse*, Sire.

— Vous ne le serez plus très longtemps, vous pouvez me croire ! L'assistance s'était figée, yeux et oreilles grands ouverts.

— Sire…, commença l'homme.

— Je ne veux rien entendre. Réparez les dégâts et déguerpissez dans la minute, sinon, je vous fais enfermer. Vous croyez que j'hésiterai ? Livia sera bientôt votre souveraine. Peu importe d'où elle vient, elle vaut mille fois mieux que vous. Je ne suis pas mon père, mais je ne tolérerai aucun manque de respect. Un mot de moi et vous êtes détruit !

L'homme avait pâli, ce qui ne calma en rien Matteo. Il voulait le voir trembler, être sûr que, jamais plus, il ne s'aviserait de recommencer. Il allait payer pour avoir insulté Livia.

Celle-ci posa la main sur le bras de son futur époux :

— Matteo, murmura-t-elle, je t'en prie…

— Cet homme vous a insulté, madame, répondit-il d'un ton solennel, pendant une fête donnée en votre honneur. C'est inadmissible, et je tiens à ce que tout le monde sache que cela ne doit pas se reproduire !

— Et je vous en suis très reconnaissante, Sire, acquiesça doucement Livia, en usant elle aussi du langage de Cour. Mais nous ne sommes plus au Moyen Âge, et cet homme doit pouvoir dire ce qu'il pense. N'est-il pas libre de s'exprimer ?

— Certainement pas de cette manière !

— S'il ne peut pas dire ce qu'il pense, c'est que nous ne valons pas mieux que nos prédécesseurs. Il doit avoir le droit de m'insulter, et moi, celui de lui répondre ou, si tel est mon souhait, de ne pas le faire. Et je ne répondrai pas. J'ai entendu dans ma vie bien pire que la remarque d'un individu aigri. Et je sais que j'en entendrai d'autres…

Sa voix s'élevait, claire, sous les hauts plafonds.

— C'est vrai, poursuivit-elle, j'ai été femme de chambre, ici, et avant cela, j'ai vécu dans la rue ou dans les bois. Je sais que je vais devenir reine, mais je n'oublie pas pour autant d'où je viens. Je me ferai toujours l'avocate de ceux qui n'ont ni pouvoir ni droit à la parole. Cela, j'en fais le serment devant vous, ce soir, pour le reste de ma vie !

Elle se tourna vers Matteo et conclut :

— Je vous en prie, Sire, ne privez pas cet homme de son travail.

— Il s'en est montré indigne en vous insultant !

— C'est vrai, mais il y a une chose dont vous et moi avons été privés et que nous avons le privilège de pouvoir accorder désormais : c'est la grâce. Le pardon. Ce droit, vous êtes à même de l'exercer. Faites-le ! Pour moi.

— Non, trancha Matteo, avant de revenir vers l'homme. Que ma future épouse n'oublie pas d'où elle vient l'honore et me conforte dans mon choix. Elle mérite d'autant plus le respect de tous. Mais vous, vous subirez les conséquences de vos actes. Sortez !

Le journaliste s'empressa d'obéir sans demander son reste.

— Reprise des festivités ! annonça Matteo d'une voix forte.

Comme si de rien n'était, le joyeux brouhaha s'éleva à nouveau. Les désirs du roi étaient des ordres.

Livia continua de le regarder, à la fois décontenancée et blessée de son refus.

— Mais… Pourquoi ? demanda-t-elle tout bas en s'approchant de lui.

— Il faut qu'on te respecte, répondit-il sur le même ton. Tu es la reine et…

— Et quoi, Matteo, tu as l'intention d'être un tyran, c'est ça ?

À ces mots, Matteo ressentit un pincement au cœur.

— Je te l'ai dit, je n'ai pas choisi la place que j'occupe. Celui qui me l'a transmise était un vrai tyran, un être foncièrement mauvais. Il m'a formé pour lui ressembler. Il faut croire qu'il me reste quelque chose !

Ce qu'il ressentait pour Livia était bien trop intense pour qu'il supporte qu'on l'insulte impunément.

— Il faudra que nous en reparlions.

Elle se montra glaciale avec lui tout au long de la soirée. Et à peine de retour dans leur chambre, elle relança la discussion.

— Si je ne souhaite pas, moi, que cet incident ait des conséquences, pourquoi est-ce que tu t'obstines ?

— Parce que je suis le roi et que souffrir ce genre de provocation aurait de fâcheuses conséquences.

— Ta réaction te signale surtout comme un autocrate et montre que tu veux contrôler la vie des gens, leurs pensées et leurs paroles. Il est normal que je sois critiquée : j'ai bel et bien été femme de chambre et tu ne peux pas prétendre le contraire.

— Je suis roi, répéta-t-il, obstiné. J'ai suivi mon instinct, et c'est très bien ainsi.

— C'est exactement de cette façon que se conduirait le souverain que tu affirmes ne pas vouloir devenir.

Matteo la regarda, surpris. Elle avait parfaitement raison.

Lui qui répétait à l'envi qu'il ne voulait pas être un tyran venait d'agir comme s'il en était un, avec la conviction qu'il était dans son bon droit. C'était ainsi que cela commençait, il le savait bien.

— Matteo, reprit Livia plus doucement, je connais ton passé, mais je te jure que tu te trompes sur toi-même. Tu n'as pas besoin de fermer ton cœur. Tu dois l'ouvrir, au contraire. Sinon, quand les gens se conduiront mal, tu les puniras sans chercher à comprendre. Cet homme qui m'a agressée ce soir, tu n'as pas voulu voir qu'il était en souffrance. Cela ne suffit pas de sourire, il faut avoir de l'empathie. Il s'agit d'un pauvre homme, d'un journaliste sans envergure, aigri parce que sa vie et sa carrière vont stagner. Il se compare à moi, qui ai eu la chance de progresser dans l'échelle sociale de façon extraordinaire, et il en souffre. Peu importe que je mérite ou non ce qui m'arrive… On peut se résigner à son sort si, autour de soi, personne ne fait mieux. Mais une domestique qui devient reine, pour beaucoup de gens, c'est insupportable et terriblement injuste. Cela représente une promotion dont ils ne peuvent même pas rêver. Et d'ailleurs, je n'ai pas décroché mon premier poste par mérite, mais bien parce que tu m'as choisie. Cette bonté dont j'ai bénéficié, ne peux-tu pas l'étendre à d'autres ?

— Mais cet homme n'est pas malheureux, enfin ! Il a un travail, un statut !

— C'est vrai, mais il pense quand même que son avenir est sans espoir.

— Tu te trompes sur mon compte, en tout cas, fit sourdement Matteo. Si je l'ai condamné, ce n'est pas que je ne ressens rien, c'est que je ressens bien trop, au contraire !

Les mots avaient jailli sans qu'il ait pu les retenir, déchirant sa poitrine. Les sentiments, bons et mauvais, se heurtaient en lui sans qu'il puisse en faire le tri.

Livia posa la main sur son bras.

— Matteo… Tu sais à quel point je t'aime, n'est-ce pas ?

Il se raidit et sentit son cœur se glacer. Tout en lui repoussait ces mots-là.

— Non. Ne me dis pas cela !

— Mais je t'aime, et…

— Tu étais prévenue. Je t'ai avertie qu'il ne pourrait être question d'amour entre nous. Jamais !

L'amour était toxique. Existait-il seulement ? Ou n'était-ce qu'une chimère, pour mieux vous broyer le cœur ?

— C'est trop tard, répliqua Livia. L'amour est là, en moi, bien installé, immuable. Et l'amour, c'est exactement ce qu'il te faut, espèce d'entêté ! Tu as besoin de ressentir quelque chose de positif. Tu ne peux pas rester de marbre toute ta vie !

— Un roi doit être un roc, solide, inamovible. Or c'est l'émotion, justement, qui m'a fait bondir sur cet homme. La fureur, la certitude d'être dans mon droit. Et ce n'est pas bon, tu avais raison. Je dois savoir ce qui est juste et me conduire en conséquence, en toutes circonstances. J'ai trahi mes devoirs ce soir, et devant une salle pleine de mes sujets ! Non, tu ne me feras pas écouter mes sentiments. Jamais, Minnie, jamais !

— Dans ce cas, je n'ai jamais été ta souris, je n'ai pas pu ôter cette épine de ta chair. Tu souffriras toujours de ce mal dont tu ne veux pas guérir, conclut Livia, amère. Tu préfères le garder au fond de toi, avec la délectation morose de savoir que tu dois t'endurcir pour ne pas le laisser percer. Tout ce que tu pourras dire sur ton désir de faire évoluer ton royaume est vain. Ce ne seront que des mots. Tu ne veux pas ressentir d'émotions parce qu'alors il te faudrait admettre que tu es un être humain, quelqu'un de vulnérable. Et c'est ce que tu redoutes le plus au monde, de te montrer faible devant autrui… Mais Violet a raison : c'est peut-être ce dont tu as besoin, en fait.

— Qu'est-ce que Violet vient faire là-dedans ?

— Peu importe ! Dis-moi seulement s'il y a une chance, une toute petite chance, que tu puisses m'aimer un jour.

— Ne dis pas de bêtise, c'est impossible. Je ne peux pas t'aimer, marmonna sourdement Matteo.

— Tu ne le *peux* pas ou tu ne le *veux* pas ?

— C'est la même chose. Je suis roi. J'ai des devoirs.

Il vit que le visage de Livia était ravagé par le chagrin. Elle avait sa réponse. Pourquoi cela la faisait-il souffrir puisqu'elle la connaissait déjà ? Elle n'aurait même pas dû être surprise. Il ne l'aimerait jamais comme elle l'attendait.

— S'il te plaît, Livia ! reprit-il. Nous serons mariés demain. Nous aurons la vie entière pour nous disputer.

— Non, murmura-t-elle. Je ne veux rien de tout cela.

— Allons, tu es à moi, affirma Matteo. À moi !

Sur ces mots, il l'attira à lui et l'embrassa rageusement. Elle lui rendit son étreinte avec la même fièvre, baiser pour baiser. Il la débarrassa de sa robe en un tournemain et la laissa lui retirer ses vêtements avec la même ardeur fébrile. Ils se retrouvaient désormais seuls au monde dans cette chambre où ils avaient comparé leurs cicatrices et échangé leurs cauchemars, où ils avaient chassé les mauvais rêves à force d'étreintes éperdues. C'était tout ce qu'ils pouvaient faire et tout ce qui les unissait. Matteo ne demandait rien d'autre, il ne voulait pas de la nasse de sentiments et d'émotions qui l'étouffait. L'incident de ce soir montrait clairement ce qu'il allait devenir, mais il n'y pouvait rien. Il n'y avait qu'un pas entre faire renvoyer ce journaliste et devenir le tyran qu'avait été son père, un petit pas entre exiger un respect total et interdire toute liberté d'expression.

Il voyait clairement le risque et il s'en étranglait d'horreur.

Mais la bouche de Livia était un refuge, elle seule offrait un sens à sa vie. Il voulait s'y perdre. Livia lui offrait toute la douceur, toutes les merveilles de son corps. Il allait les prendre, faire sien tout ce qu'elle pouvait donner.

Mais quand il entra en elle, les mots de Livia lui parvinrent à l'oreille.

— Je t'aime !

Il fit comme s'il n'avait pas entendu.

— Je t'aime, répéta-t-elle à chacun de ses coups de reins, je t'aime, je t'aime !

Les mots déferlaient sur lui comme une vague chaude, s'infiltraient en lui et semblaient ressusciter des zones de lui-même depuis longtemps desséchées. Il s'aperçut qu'il avait soif de cette renaissance, soif de ce mantra qu'elle répétait sans fin et qui comblait le besoin, le manque qui étaient en lui depuis toujours. C'était là sa vraie faiblesse, celle qu'il avait tant essayé de nier et qui le rongeait sans cesse. Il fut brutalement ramené à l'enfance, endura à nouveau la torture, les tourments. Pas ceux que son père lui infligeait, mais une torture spéciale, lancinante, comme un rêve mis à sa portée et brusquement retiré.

Mais cela aussi se dissipa. Il n'y eut bientôt plus rien d'autre que le plaisir incendiaire qui éclatait. Livia cria, palpitante, lorsqu'il se répandit en elle. Tout de suite, Matteo s'efforça de revenir à son contrôle d'acier sur lui-même. À nouveau, Livia avait été à lui, c'était tout ce qui comptait et tout ce qu'il pouvait avoir. Elle était à lui, entièrement. Elle était aussi sa conscience, comme elle l'avait été ce soir dans la salle de bal. Et elle l'aimerait.

Elle avait dit que jamais elle n'avait été sa souris…

Il chassa cette pensée. Quoi qu'elle puisse prétendre, elle était à lui et elle allait devenir sa femme. Rien d'autre ne comptait, il ne le permettrait pas.

Car c'était à lui de décider de ce qui devait être. Et de ce qui serait, pour toujours.

12.

L'aube se leva dans une éblouissante clarté. C'était le jour du mariage. Livia se sentait oppressée, comme si de lourds nuages s'accumulaient au-dessus de sa tête, promettant un orage prêt à éclater.

Elle était vêtue du plus précieux satin, un rêve pour la petite fille démunie qu'elle avait été, qui ne croyait pas posséder un jour la moindre robe de valeur. Le tissu la drapait à la perfection et s'épanouissait en bouillonnements à ses chevilles. De petites perles de cristal cousues à son corsage descendaient en une rivière étincelante jusqu'à ses pieds. Elle était superbe. Elle se sentait superbe.

Hier, elle avait ressenti ce besoin désespéré que Matteo avait d'elle. Mais elle ne pouvait oublier les paroles de Violet… Elle avait failli les répéter à Matteo et n'en avait pas eu le courage. Non, elle avait voulu repousser toutes les angoisses, alors, pour simplement être avec lui. Parce que c'était bon d'être dans ses bras. C'était bien plus facile que de se confronter à la froide réalité. Elle avait le monde à ses pieds, mais pas… pas Matteo. Matteo s'éloignait d'elle, au contraire. Elle l'avait senti dans son attitude après l'amour. Il s'était replié sur lui-même… En fait, elle ne l'aidait en rien. Si elle avait cru pouvoir le guérir, elle s'était attribué trop de pouvoir. Matteo restait fermé, endurci. Il refusait toujours certaines réalités. Elle ne pouvait pas lui ouvrir les yeux de force. Ce qui était à sa portée, en revanche, c'était de lui assurer une vie assez confortable pour qu'il n'ait jamais besoin d'ouvrir les yeux.

Livia se regarda dans la glace. Vêtue de la plus belle robe de mariée dont on puisse rêver, elle était prête à monter à l'autel, à devenir plus que ce qu'elle avait jamais pu espérer. Sa reine. Sa femme.

Mais elle le serait sans son amour. Elle ne saurait pas ce que c'était que d'être aimée. Elle serait juste une assistante qui avait connu une incroyable promotion. Elle ne toucherait pas le cœur de Matteo, puisqu'il refusait d'en avoir un.

Elle inspira profondément et saisit le bouquet nuptial.

Il était l'heure.

L'imposante chapelle du palais était pleine à craquer. L'assistance était sur son trente et un, les femmes en larges chapeaux ornés de fleurs et de tulle, les hommes en costumes sombres.

Matteo était à l'autel. Depuis un bon moment, déjà.

Il attendait Livia. Il l'avait toujours attendue.

Son cœur était un champ de bataille dévasté depuis qu'elle lui avait dit qu'elle l'aimait et, pourtant, il était là. Car en fait, il ne pouvait imaginer d'avenir sans elle.

Un avenir où tu ne pourras pas lui donner la seule chose qu'elle veuille…

C'était sa plus grande faille. Sa honte absolue.

Il l'attendait.

L'orgue avait commencé à résonner sous les voûtes, mais Livia manquait toujours à l'appel. Elle aurait dû apparaître sur une certaine note de musique, elle avait peut-être manqué son entrée et allait surgir d'un instant à l'autre… Mais non, toujours rien.

N'y tenant plus, Matteo descendit la nef à grandes enjambées et sortit, sous les murmures étouffés de l'assistance.

— Livia ! cria-t-il aux quatre vents. Livia !

Il ne reçut aucune réponse. Alors il courut au palais et se précipita dans la suite où elle s'était préparée. Personne.

Le bouquet nuptial était abandonné sur une console et la robe blanche était sur le lit. Il n'y avait rien d'autre, pas de mot. Livia n'était pas du genre à laisser un mot, de toute façon. Elle faisait ce qu'elle avait à faire, tout simplement.

Ce fut comme si Matteo se vidait de son sang. Elle n'avait pas pu partir, se volatiliser ainsi. Le personnel l'en aurait averti ! Il arracha sa cravate et se précipita dans le hall.

Là, soudain, il la vit. Elle était vêtue de noir, et ses lunettes cerclées d'or avaient retrouvé leur place sur son nez. Ses cheveux étaient à nouveau resserrés en un chignon strict. Elle portait un petit sac de voyage.

— Je suis navrée, mais c'est mieux ainsi, fit-elle.

— Qu'est-ce que tu racontes ? Pourquoi dis-tu ça ?

— Parce que tu ne m'aimes pas.

— Peu importe ! Tu sais bien que je ne peux aimer personne !

— Ce que je sais, c'est que tu te mens à toi-même. On peut toujours aimer et, si ce n'est pas moi, ce sera une autre, un jour. Moi, je t'aime, dit-elle en s'avançant pour poser la main sur la joue de Matteo. Je n'en aimerai jamais un autre. Mais je ne te rendrai pas le mauvais service de vivre avec toi sans exiger ton amour. Nous méritons mieux qu'une vie au rabais. Je ne peux pas te guérir. Je l'ai cru, j'ai essayé, mais l'épine est toujours là et ce n'est plus de mon ressort. La guérison doit venir de toi. Je te supplie de le comprendre. Je sais que j'ai toujours trop attendu de la vie. Ma mère me le disait quand j'étais petite… Et comprendre que je ne peux tout avoir de toi me désespère. Si je pars, cela n'a rien à voir avec mon rôle de reine et tout ce qu'il peut m'apporter de gratifiant. C'est parce que je ne supporte pas l'idée de ne pas être aimée. Est-ce que je ne le mérite pas ? Ne le méritons-nous pas, tous deux ?

— Livia, gronda-t-il, au supplice. Je ne céderai pas !

— Alors ne me poursuis pas par fierté.

— Je ne me laisserai ni manipuler ni torturer par toi.

— Ce n'est pas moi qui te torture.

Alors qu'elle faisait un pas vers la porte, un feulement sortit de la poitrine de Matteo, le cri d'un animal mortellement blessé, celui qu'il avait retenu lorsque son père cherchait à le briser.

— Ne me laisse pas, Livia…

Elle s'arrêta et se retourna vers lui.

— Mais crois-tu pouvoir me donner ce dont j'ai besoin ?

Les larmes roulaient sur ses joues et Matteo eut l'impression de recevoir autant de coups de poignard.

— Non, répondit-il sourdement.

L'instant suivant, elle avait disparu.

Un membre de l'équipe de sécurité s'avança alors discrètement vers le roi.

— Devons-nous la bloquer à l'aéroport, Votre Majesté ?

— Non. Laissez-la !

Elle ne lui appartenait pas, ne lui avait jamais appartenu. Livia ne s'appartenait qu'à elle-même. Et s'il ne pouvait lui rendre au moins une parcelle de ce qu'elle lui avait offert…

Oui, sa fierté royale serait piétinée et le souvenir de cet échec marquerait ses sujets. Un jour, il y aurait une autre reine, mais personne n'oublierait. Cela, pourtant, ne comptait pas. Ce qui comptait, c'était elle, Livia. Il poussa un soupir : c'était étrange de constater que les sentiments d'une autre avaient plus d'importance que les siens…

Livia avait raison.

Elle méritait de tout avoir. Et lui, les mains vides, ne pouvait rien lui donner. Des robes de bal, des châteaux, le monde même, il pouvait les mettre à ses pieds. Mais de son propre cœur, rien ne sortait.

Il pouvait tout acheter, mais il ne pouvait pas l'acheter, elle. Il ne pouvait s'offrir Livia comme un objet, il ne pouvait l'obliger à rester.

Et, pour la première fois de sa vie, le roi se sentait nu.

13.

— Tu n'es plus que l'ombre de toi-même.

Matteo leva les yeux vers son frère, qui se tenait à l'entrée du bureau.

— Je ne suis pas sûr d'avoir jamais été moi-même, grommela Matteo. Rien de nouveau sous le soleil…

— Si ce n'est que, cette fois, c'est à Livia que tu dois ce regard abattu, fit observer Javier.

— Ne prononce plus son nom devant moi.

— Tu vas vraiment laisser ta souris te quitter comme ça, sans lever le petit doigt ?

— Elle veut la seule chose que je ne peux pas lui donner, Javier.

— À savoir ?

— L'amour.

Javier eut un rire bref.

— Bon… Et c'est là que je me rappelle mon cher frère en train de me conseiller d'aimer Violet de tout mon cœur… Donc, moi, il faudrait que j'aime, mais toi, tu ne peux pas ?

— Moi, je suis roi, je ne peux pas me permettre…

— Ton amertume ne te rend pas service dans l'exercice de la royauté, le coupa Javier. Je te le dis en toute franchise, Matteo : tu aimes cette femme, purement et simplement. Tu peux toujours prétendre le contraire, tu accumules les obstacles entre vous, mais n'empêche… Cela fait neuf ans que tu l'aimes, et n'importe quel imbécile peut s'en apercevoir. Sauf toi.

— Tu racontes des bêtises, rétorqua Matteo. L'amour, c'est...

— Une faiblesse ? Je sais que tu en es persuadé, mais je ne comprends pas pourquoi.

— L'amour rend vulnérable. Ça permet les zones grises où tout peut arriver...

— Tut tut... Tu as peur, un point c'est tout. Quand tu me conseillais d'aimer, en me disant que ça valait le coup d'essayer parce que notre père, lui, n'en avait jamais fait l'effort, tu ne parlais donc pas pour toi ?

— J'ai aimé, Javier ! Je l'ai aimé, lui. Et il m'a ouvert la peau à la pointe de son couteau. Je l'aimais et c'était un monstre. Tu comprendras que je ne me fie pas à mon cœur.

L'amour, c'était vraiment ce qu'il y avait de plus cruel, de plus dangereux sur terre. Il était payé pour le savoir !

— Tu as beau dire, nous sommes exactement pareils sur ce point, rétorqua Javier. Que tu sois roi et pas moi n'y change rien. Nous avons tous deux une crainte terrible de suivre ce que nous dicte notre cœur.

— Mais toi, c'était normal que tu aies aimé notre père, tu ne savais pas quel monstre il était vraiment. Moi, je le savais et pourtant...

— Ce salaud nous a forcés à endurer ce qu'aucun enfant ne devrait connaître. Nous avons dû survivre aux séquelles de notre enfance. Mais nous pouvons décider maintenant de ce que nous voulons être dorénavant. Regarde Livia, regarde ce qu'elle a dû surmonter pour en arriver là où elle en est aujourd'hui. Si elle y est parvenue, pourquoi pas toi ?

— Parce qu'elle est bien meilleure que moi.

— Tout comme Violet est meilleure que moi. C'est un cadeau que nous fait le ciel de nous envoyer des femmes si fortes, avec un cœur si grand.

Matteo considéra son frère d'un regard plein de désarroi.

— Je suis trop malheureux pour réagir, dit-il.

— Alors arrête d'être malheureux et agis !

— Ce serait aussi simple ?

— Très simple et incroyablement difficile à la fois. Tu as été dressé à faire de ton âme un désert, à ne te laisser toucher par personne. Du coup, tu as décrété que toute émotion était mauvaise. Mais considère ce qu'il faut à Livia de courage pour t'aimer.

— Cela me rend d'autant plus triste pour elle.

— Elle n'a pas besoin de ta pitié. De ton amour, par contre…

— Je ne saurais par où commencer pour la regagner.

— Pense à ta vie avec elle. En amour, on partage, et pas seulement le sexe ; on aide l'autre à porter ses fardeaux. Livia te complète. C'est ton autre moitié.

Matteo repensa aux années passées près de Livia et il sut que son frère avait raison. Elle l'avait écouté, consolé, avait pansé ses blessures. Il lui avait appris à danser, elle lui avait appris à être humain. Elle savait tout de lui, de ses faiblesses, et elle parvenait à en faire des forces. Sa Livia.

Il comprenait maintenant comment s'y prendre pour qu'elle se laisse approcher. Il ne devait pas chercher à la conquérir, mais lui faire une offre. Une offre sincère. Car, jusqu'à présent, poussé par son arrogance, il n'avait fait qu'exiger. Et pourtant, il le voyait clairement à présent, l'amour avait toujours été là, caché au cœur du roc qu'était sa poitrine. Et grâce à cet amour, ce ne serait pas s'abaisser que de demander à Livia… non, de supplier Livia de lui revenir.

— Je dois filer, Javier.

— Bien sûr. Tu devrais déjà être parti.

— J'espère qu'elle voudra encore de moi.

— Il y a des gens qui sont faits pour être ensemble. C'est votre cas. Alors va la chercher ! Et ramène-la. *Presto !*

— Je vais plutôt lui demander si elle veut bien me suivre…

Livia était épuisée. Elle avait passé la journée à marcher dans Paris, cherchant à noyer son chagrin. Elle avait admiré l'Arc de triomphe et l'étincelante pyramide du Louvre. Elle avait voulu profiter des bouquinistes du bord de Seine, apprécier le café pris à une terrasse. En vain. Le musée d'Orsay, visité à la recherche de l'oubli qu'auraient pu lui procurer tant de superbes œuvres d'art, ne lui avait offert qu'un écho à sa tristesse. Quand elle regagna son appartement, elle ne se supportait plus.

L'appartement était loin d'être entièrement meublé et elle ne se pressait pas d'y remédier.

N'espérait-elle pas qu'il viendrait l'y chercher ? Oh ! pas comme la fois précédente…

Pourtant, ne suivrait-elle pas Matteo aux mêmes conditions ? Elle était assez faible pour cela.

Non, il fallait qu'elle soit forte pour deux. Parce qu'elle comme lui méritaient un meilleur avenir que celui conditionné par leur passé. Il ne fallait pas laisser gagner le père de Matteo, ce n'était pas à lui de décider quel amour son fils pouvait se permettre.

Elle mordit dans le croûton de la baguette qu'elle venait d'acheter. Ce n'était pas très bien élevé, mais elle s'en moquait. C'était sa baguette. Et son appartement.

On frappa à la porte et son cœur s'immobilisa. Matteo n'était pas du genre à frapper.

— Oui ?

— Ma souris…

C'était lui. D'un bond, elle fut à la porte et ouvrit, sans se préoccuper des miettes sur son chemisier ni de l'expression désespérée de son regard.

— Que viens-tu faire ici, Matteo ?

— Te parler. Te voir.

— Ne te moque pas de moi…

— Je suis très sérieux, Livia. C'est l'enfer pour moi depuis ton départ. J'ai tourné et retourné dans ma tête tout ce que j'avais pu te dire par le passé, au cours de toutes ces années partagées. Car nous avons un passé commun. Cela n'est-il pas incroyable ?

— Ça l'est, effectivement.

— Je suis faillible. Je ne voulais pas l'être, car je croyais cela incompatible avec la royauté. J'ai donc éliminé toute vulnérabilité, je me suis transformé en un roc d'indifférence. Je ne faisais pas confiance à mon cœur, ce mauvais juge qui avait aimé mon père en dépit de tout. Je disais haïr le roi, c'était plus avouable. Mais les choses ne sont pas si simples… J'aurais pu le reconnaître, garder le bon côté de mes sentiments et fuir le mauvais, mais j'ai tout repoussé en bloc. Le fait d'aimer cet homme mauvais m'a ravagé, et depuis je redoute la souffrance qui accompagne de tels sentiments. Je redoute la vulnérabilité. Et tu me rends vulnérable.

— Tu n'es pas faible, Matteo, tu es d'une force inouïe.

— Pas devant toi. Je suis sans défense devant toi. Mais je suis prêt à endurer mille fois plus de faiblesse si cela me permet d'être avec toi. Je ne crains rien avec toi à mes côtés. Sans toi, par contre, je perds tout. Je suis un bel imbécile, car j'ai dû attendre que mon frère m'explique ce qu'est l'amour. Et ce qu'il m'a décrit, c'est nous. Ce qu'on a partagé pendant des années. Un fardeau commun, une entraide sans faille…

— Matteo, j'étais tétanisée à l'idée d'un mariage sans amour, car tu aurais pu te détourner de moi aisément. Et c'est ma conversation avec Violet qui m'a éclairée… En fait, ce n'était pas l'abandon que je craignais le plus, c'était qu'en te donnant tout je ne te permette pas de guérir vraiment.

— Tu avais raison. Tu as bien retiré cette épine de ma chair, mais la guérison, c'est à moi de l'effectuer. Je dois affronter mes peurs, mes défauts, pas me les cacher. Toi, Livia, tu es mon autre moitié, la réponse à tout ce que je ne suis pas et je te fais confiance pour m'aider. J'espère te rendre la pareille.

Le cœur de Livia était à deux doigts d'exploser. C'était tellement merveilleux, cette révélation : elle n'était pas obligée de soigner Matteo seule, il prenait en charge une partie du processus. Soudain, cet amour n'était plus lourd à porter. C'était un cadeau, pas une charge.

Matteo et elle ne se détruisaient pas, mais se donnaient mutuellement les outils pour révéler le meilleur d'eux-mêmes.

— Tu m'as déjà beaucoup donné. J'étais si faible, si démunie quand je suis arrivée… Tu m'as rendu mes rêves.

— Et toi, tu m'as permis de faire de beaux rêves quand je ne faisais que des cauchemars. Je ne veux pas que tu deviennes ma femme pour le seul bien du pays ; les enfants que je veux avoir avec toi, je ne les veux pas simplement pour m'assurer une descendance. Je les veux pour nous. Parce que mon cœur en a besoin. Seulement alors serai-je vraiment guéri. Mais d'abord, il faut que je te le demande : Livia, veux-tu de moi pour époux ?

Une question, pour la première fois ! Dont la réponse était facile, puisque le fait de la poser voulait dire que Matteo avait changé, qu'il acceptait sa vulnérabilité, qu'il admettait ne pas pouvoir tout contrôler, et surtout pas elle. Il lui offrait le choix et cela voulait dire qu'il envisageait qu'il puisse se heurter à un refus, à un échec… Il la laissait libre du choix.

— Oui, répondit-elle simplement.

Il la serra contre lui et embrassa ses lèvres.

— Je t'aime, ma souris.

— Je t'aime aussi, répondit-elle, sûre de son cœur, sûre qu'il l'aimait.

Jamais cet amour ne se tarirait.

Mais ne le savait-elle pas depuis le début ?

Épilogue

La reine Livia de La Cruz avait un titre et un nom. C'était plus qu'elle n'avait jamais eu de toute sa vie. Et elle avait une famille, aussi, une nichée d'enfants que Matteo et elle avaient décidé d'emmener au carnaval, avec le fils de Violet et Javier.

Bien sûr, en tant que famille royale, ils ne pouvaient se dispenser d'une sécurité, mais celle-ci savait se faire discrète. Cette sortie ressemblait à une vraie sortie en famille, enfin, de ce qu'ils pouvaient en imaginer, puisque ni elle ni Matteo n'en avait connue, enfants. Ils avaient tout à créer.

Donc les enfants s'amusaient, se chamaillaient, semaient une belle pagaille partout où ils allaient. Car appartenance royale ou pas, ils étaient des gamins avant tout.

— Camilla et Byron, arrêtez de crier !

Les aînés baissèrent le nez, penauds. Les deux cadets se regardèrent, soulagés d'échapper à la réprimande.

— Soyez sages, ajouta Matteo. Je reviens.

Il s'échappa et Livia échangea un regard avec Violet.

— Tu sais où il va ?

— Aucune idée, fit Violet, le souffle un peu court, car elle était enceinte à nouveau. Elle s'apprêtait à donner un second fils à Javier, ce qui la ravissait, car le premier avait déjà six ans.

Quand Matteo revint, il apportait des barbes à papa pour tous. Y compris sa femme… qu'il embrassa sur la bouche.

— Pour toi, fit-il tendrement, avec la promesse que ces

années ne sont qu'un début. Je t'aimerai toujours. Je t'aime pour toujours.

Matteo lui avait montré ce qu'était un amour qui dure. Des larmes montèrent aux yeux de Livia. Grâce à lui, les blessures du passé s'effaçaient.

— Pour toujours, acquiesça-t-elle.

Main dans la main, ils suivirent leurs enfants, qui trottinaient devant eux. Jamais Livia n'avait été aussi heureuse.

Vous avez aimé ce roman ?
Retrouvez en numérique d'autres romans de Millie Adams :

1. *Mensonge et mariage*
2. *Une farouche princesse*
3. *Un roi pour patron*

Retrouvez prochainement,
dans votre collection

AZUR

Ce secret dévoilé, de Caitlin Crews - N°4422

Lorsqu'elle se rend au sommet de la Skalas Tower, Kendra n'a qu'un but : convaincre Balthazar, le maître des lieux, d'abandonner toute poursuite judiciaire contre sa famille. Or l'homme d'affaires grec à la réputation impitoyable n'a que faire de ses arguments. Aussi Kendra se résout-elle à utiliser la seule arme dont elle dispose face à Balthazar – la séduction. Seulement, après s'être liée à son ennemi durant une nuit époustouflante, elle se découvre enceinte…

Liaison avec un Italien, de Carol Marinelli - N°4423

Gian de Luca, duc italien et magnat des affaires, sait que la ravissante Ariana Romano lui est interdite. Non seulement elle est la fille de son mentor mais sa réputation d'héritière gâtée et sulfureuse n'est plus à faire. Toutefois, une nuit, Gian perd la raison et attire Ariana jusqu'à son lit. Dans l'intimité, sa douce maîtresse se révèle bien différente de celle qu'il croyait connaître. Et Gian ne songe déjà plus qu'à prolonger leur liaison au parfum de scandale…

Sous la protection du cheikh, d'Annie West - N°4424

Pressée de fuir un mariage forcé, Tara passe la frontière de son pays pour entrer clandestinement au royaume de Nahrat. Hélas, elle atterrit malgré elle dans la salle du trône du cheikh Raif. Ce roi du désert, autoritaire et fier, sait qu'elle appartient à un peuple rival et pourtant, à la grande surprise de Tara, il lui offre sa protection. Mais, quand bientôt la rumeur enfle au sujet de leur proximité nouvelle, Raif doit étouffer le scandale qui menace d'exploser. Et c'est ainsi qu'il proclame Tara comme sa future épouse !

L'amant de Singapour, de Dani Collins - N°4425

Tsai Jun Li. À peine Ivy pose-t-elle les yeux sur le milliardaire qu'elle est saisie par un brusque accès de fièvre. Cet homme est un fantasme, la perfection incarnée ! Aussi, quand il lui propose de passer la nuit avec lui, elle cède à la tentation. Quatre mois plus tard, c'est à Singapour qu'elle tente de le retrouver. Car, si leur étreinte devait rester sans lendemain, le destin en a décidé autrement : Ivy attend un enfant de son inoubliable amant…

Confidences scandaleuses, d'Andie Brock - N°4426

Emma a passé une nuit époustouflante dans les bras de Leonardo Ravenino, le milliardaire qu'elle aurait dû se contenter d'interviewer pour son journal. Aussi, quand il la rejette au lendemain de leur étreinte, c'est le cœur brisé qu'elle couche sur le papier sa frustration et tout le mal qu'elle pense de celui qui l'a séduite. Hélas, alors que ces confidences devaient rester intimes, voilà qu'elles sont publiées par accident ! Dès lors, Emma n'a d'autre choix que d'affronter la colère de Leonardo, au moment même où elle se découvre enceinte de lui…

Le guerrier des sables, de Jackie Ashenden - N°4427

Alors qu'elle pénètre dans une forteresse en plein désert, Ivy prend peur. Ce voyage qui l'a menée des rives pluvieuses de l'Angleterre au climat torride d'Inaris s'est révélé épuisant. Et l'accueil hostile que lui réserve le cheikh Nazir al-Rasul ne fait rien pour calmer les battements précipités de son cœur. Nazir est un chef de guerre farouche, redoutable et redouté, et Ivy est probablement folle d'être venue à sa rencontre pour lui annoncer une nouvelle incroyable. Alors que tous deux ne se sont jamais rencontrés auparavant, Ivy attend l'enfant de Nazir. Son héritier…

L'épouse d'un patron, de Katrina Cudmore - N°4428

Magnat dans l'hôtellerie de luxe, Loukas Christou multiplie les contrats lucratifs partout dans le monde. Mais aujourd'hui l'un de ses partenaires en affaires refuse de traiter avec lui sous prétexte qu'il est encore célibataire – et donc forcément instable ! Furieux qu'on puisse douter de lui, Loukas se résout toutefois à chercher une épouse de circonstance. Et c'est Georgie, sa belle assistante, qui est chargée de lui dénicher la femme idéale. Seulement voilà, alors qu'il côtoie chaque jour Georgie dans le cadre paradisiaque de l'île de Talos, Loukas prend conscience qu'elle éclipse toutes les candidates au mariage…

La proposition d'une innocente, de Melanie Milburne - N°4429

SÉRIE : *OBJECTIF PASSION* - 1/3

Dans un mois, Ivy fêtera son trentième anniversaire. Or pas question pour elle d'atteindre l'âge fatidique sans avoir connu d'abord les plaisirs de l'amour. Parce qu'elle est toujours célibataire, elle ne voit qu'une solution : proposer à son ami Louis Charpentier de lui ravir son innocence. Bien qu'il soit un play-boy et un séducteur invétéré, cet homme a toute sa confiance. Et puis, dans la mesure où il est aussi expérimenté que rétif à toute forme d'engagement, il sera le partenaire parfait. L'amant idéal, pour une nuit seulement…

Conquise par Ashton Castle,
de Natalie Anderson - N°4430

SÉRIE : *FRÈRES REBELLES* - 1/2

Un verre de champagne, un bain moussant… Merle profite du confort de la somptueuse villa qu'on l'a autorisée à occuper durant son séjour sur l'île de Waiheke, où elle fait des recherches sur la famille Castle. Jusqu'à l'arrivée inopinée d'Ashton, le maître des lieux, dans la salle de bains où elle se prélasse ! Mortifiée par cette rencontre avec le ténébreux milliardaire qui la couve d'un regard chargé de désir, Merle l'est davantage encore quand il lui révèle qu'ils passeront la semaine en tête à tête…

L'étranger de l'orage, de Marion Lennox - N°4431

Seule dans la ferme délabrée qu'elle vient d'hériter, Charlotte tente d'ignorer le fracas de l'orage, dehors. Et c'est avec un certain soulagement qu'elle voit débarquer chez elle un homme qu'elle n'a jamais rencontré, mais auquel elle offre l'hospitalité. Au cours de cette nuit de tempête, inquiétante et magnifique, tous deux en viennent à tomber dans les bras l'un de l'autre. Charlotte, déjà, sent son cœur battre pour son compagnon d'infortune ! Hélas, elle ne tarde pas à découvrir qu'ils ne font pas partie du même monde, car Bryn Thomas Morgan se révèle être un lord anglais…

Une brûlante étreinte, de Jennifer Hayward - N°4432

Diana enrage. Que lui a-t-il pris d'accepter de se rendre au mariage de son amie Annabelle ? Elle savait pourtant que Coburn, son futur ex-mari, s'y trouverait aussi, et que la simple vue de cet homme qui lui a brisé le cœur lui serait insupportable. D'autant que Coburn semble s'amuser de la situation, joue avec elle comme un lion avec sa proie, la provoque… et finit par l'attirer dans son lit. Diana comprend alors que c'est peut-être ce qu'elle est venue chercher ici, ce soir : la terrible confirmation de l'emprise absolue qu'il exerce, aujourd'hui encore, sur ses sens…